Viveza nuestra

Larry Garin

VIVEZA NUESTRA
© Larry Garin

Editado por: Corporación Ígneo, S.A.C.
para su sello editorial Ediquid
José Olaya 169, Ofic. 504, Miraflores. Lima, Perú
Primera edición, junio, 2024

ISBN: 978-612-5142-41-2
Impresión bajo demanda

Hecho el Depósito Legal en la Biblioteca Nacional del Perú N° 2024-02138
Se terminó de imprimir en junio de 2024 en:
ALEPH IMPRESIONES SRL
Jr. Risso Nro. 580 Lince, Lima

www.grupoigneo.com
Correo electrónico: contacto@grupoigneo.com | Teléfono: +51 955 071 270
Facebook: Grupo Ígneo | X: @editorialigneo | Instagram: @grupoigneo

Colección: Nuevas Voces

Contenido

Agradecimientos

Por la fotografía, a Henry Garin.

Por la locación para la producción de las fotos realizadas, a Javier Lavalle.

Por el avión y los permisos de imagen, a Matías Pereira y a la Escuela de Vuelo AeroSur.

Por la colaboración en la idea principal, a Daniel Bonelli.

Y a los colaboradores en imágenes de escenas: Marcelo Foliadoso y Waldo Figueroa.

¡Muchas gracias a todos!

Sobre el autor

Mi nombre es Larry Garin, en 1975 nací en la ciudad de Tranqueras, departamento de Rivera. En el barrio Guyon vine al mundo y me crie junto a mi hermana, ambos vivíamos en la casa de mi abuela materna, a su vez era cuidado y mimado por mis bisabuelos, quienes vivían frente a mi hogar. A mis 7 años, desde Montevideo llegó una gran noticia: debíamos viajar hacia la capital. Mi hermana, mis bisabuelos y yo fuimos llevados hacia una localidad llamada Totoral del Sauce, en el departamento de Canelones, decisión que fue tomada por mi tía abuela debido a la avanzada edad de sus padres; ahora podría tenerlos más cerca. En este lugar vivimos dos años hasta que por fin una nueva mudanza nos puso en la capital, donde anhelaba poder estar. Aquí vivían mis otros hermanos y mi sueño era vivir junto a ellos, pero la situación económica nos mantenía separados: éramos cinco y mis padres no podían alimentarnos a todos, así que continué viviendo algunos años de mi niñez en la casa de mis bisabuelos y procurando visitas cada vez más asiduas a mis hermanos.

A mis 12 años siento la muerte de mi progenitor, a quien no pude conocer realmente debido a las distancias y problemas, que terminaron con la separación de mis padres, así que lo que más sufrí fue ver a mi hermano mayor vivir un duelo tan amargo. Pasó el tiempo y con él llegó la muerte de mis bisabuelos, figuras que me marcaron para siempre. Ahora, los 5 hermanos estábamos juntos, todos a cargo de mi madre, un sueño que en muy poco tiempo se convertiría en pesadilla: el hambre se hizo presente junto a otras necesidades como el agua y la energía eléctrica. En esta etapa de incertidumbres y miseria fue cuando conocí a mis dos padres ricos, vecinos que me ayudaron y gracias a quienes pude tener la posibilidad de estudiar y ver un enfoque de la vida muy distinta a la de muchos niños, que salen a las calles a pedir puerta a puerta para poder comer. Estos vecinos fueron las columnas fundamentales en mi desarrollo como persona: Juan José Heguy, dueño de la estación de servicio que nos aportaba el agua, la cual era llevada en baldes hasta la casa donde vivíamos, una antigua casona con riesgo de derrumbe. Esta persona pudo ver en el niño de pies descalzos, un ser que, de seguro, le trasmitía algún tipo de pena o tal vez algún sentimiento de compasión, no lo sé, pero le supo brindar consejos sabios, además de ayudas continuas con ropa, calzados y hasta comida. Su familia se volvió muy cercana a mí, tanto así que los fines de semana siempre estaba invitado a compartir tiempo con ellos: los domingos era habitual tener un paseo por la populosa feria Tistan Narvaja, para después ir al barrio Peñarol, donde mi vida de pobre daba un giro de ciento ochenta grados, conviviendo como uno más entre aquellas personas con una posición económica extremadamente alta para mí. Comparando ambas realidades, incluso salir a comer a un restaurante era algo impensable en mi vida particular.

A mis 16 años se instaló frente a mi casa un consultorio odontológico, el cual era dirigido por el Dr. Carlos López, quien fue mi segundo padre rico, pero la relación con él era más estrecha: desde que Carlos llegaba al consultorio, yo estaba presente haciendo mandados y ayudando en lo que fuese para obtener algún pago por ello. Con Carlos aprendí a realizar muchas tareas del laboratorio y me mostró un mundo inacabable de ideas; además, como los fines de semana ya no acompañaba a Juan José Heguy, de apodo «Juanjo», a la casa de su suegra en Peñarol, mi nuevo destino era Piriapolis, departamento de Maldonado, un balneario muy conocido y de gran nivel en Uruguay, donde el doctor poseía una cabaña de madera frente al mar. A veces me quedaba un mes entero disfrutando del verano como un hijo más. De esta manera me crie entre la pobreza extrema y la opulencia: pasé de pedir ayuda de puerta en puerta, para llevarles ayuda a mis 4 hermanos, a viajar todos los fines de semana a veranear junto a mis otros 3 hermanos ricos.

A los 19 años comencé a trabajar en una empresa de publicidad donde permanecí algunos años, hasta que tuve la idea de buscar nuevos horizontes viajando al exterior. Antes de irme, realicé un curso de periodismo con la idea conseguir una gran oportunidad laboral, pero las cosas no se dieron como esperaba y todo aquello se truncó, así que comencé a buscar mi camino a través de mis estudios secundarios, los cuales había abandonado de joven. Luego decidí que podía hacer más y comencé la carrera de piloto de aviación privada, también de vela náutica para, después de tantas vueltas en la vida, retornar al lápiz y el papel como lo hacía cuando niño en la escuela, donde se apoyó mi creatividad y mis historias, incluso, una de mis narraciones fue utilizado a fin de curso como leyenda principal, sin cambiar una coma o un punto. Hoy estoy comenzando una iniciativa propia donde aporto mi conocimiento y trayectoria para ayudar a otros alcanzar sus metas, los invito a conocer *The Garin Channel TV.*

Prólogo

Cuando era apenas un adolescente de doce años, solía ir de visita a la casa de mis abuelos. En época de verano, todos los vecinos de la cuadra se sentaban afuera de sus casas para saborear el aire fresco de la tarde, tomar mate y dialogar.

En aquellos tiempos, la cantidad de automóviles en las calles era considerablemente baja, por lo que los niños colmaban las calles con sus juegos de pelotas, sus bicicletas y patinetas, entre otros. A mí me gustaba sentarme en el umbral de la puerta, mientras mis abuelos compartían el mate, aunque mi abuela decía que era de mala suerte sentarse allí, ya que por la puerta entran las cosas buenas y las malas. ¡Cosas de viejo!, pensaba en silencio. De todas maneras, terminaba sentado a un lado de la misma para no afligirle con sus supersticiones. Mi asiento era un pequeño banquito de madera, que perteneció a mi padre cuando era niño.

Escuchaba todo tipo de historias y relatos, algunos duraban mucho tiempo y otros tan solo unos segundos. Por lo general, el nombre de los personajes comenzaba con un artículo, acompañado de un sustantivo: «el finado fulano», «el finado mengano» y la clásica «la finadita perengana». Siempre repetían y se reían de sus cuentos, una y otra vez, y de todas maneras los escuchaba para saber si habían sufrido algún tipo de cambio, ya que los conocía uno por uno, como si también los hubiera vivido.

Una tarde, casi entrada la noche, se acercó un vecino y pidió prestado un destornillador, herramienta que mi abuelo de seguro no tenía ya que no era muy hábil con estos instrumentos. Sin decir una sola palabra, se dibujó una sonrisa en su rostro e ingresó de inmediato a la casa, regresando con dos de ellos. Decía que aquellos destornilladores tenían una particularidad que los hacía especiales, pues poseían una punta imantada para poder colocar los tornillos sin estar sujetándolos en lugares inaccesibles. ¡Qué bueno!, toda una evolución el hecho de que mi abuelo tenga herramientas y que, además, estén actualizadas, pensé sorprendido.

Pero el encanto pronto se vio destruido. El gran dilema moral que se presentó luego de aquel hecho, nada tenía que ver con los dos destornilladores ni tampoco con el mágico imán que poseían, sino se debía a la peculiar forma en la que mi abuelo obtuvo los mismos.

Días atrás, había ocurrido un desperfecto eléctrico en la casa y de la compañía de luz enviaron personal para solucionarlo. Al finalizar su tarea se retiraron, olvidando aquellas herramientas.

Mi abuelo relató orgulloso lo sucedido y terminó diciendo que ahora le pertenecían ya que, de alguna manera, era justo.

—Esos son unos ladrones, con lo que te cobran de luz, ¿qué les hace un par de destornilladores? —añadió.

De inmediato pregunté, inocentemente, si los devolvería. Me miró y sonrió con ironía—: ¡Ay, si tendrás que aprender, gurí! —exclamó, acomodándose en su silla de plástico.

Mi abuela, que observaba mi intromisión, rompió el silencio, muy molesta y en menos de un segundo recibí un rezongo:

—Mijo, cuando hablan los mayores los niños se callan. ¿Entendió?

En ese momento recordé un tirón de orejas, el cual me causó una catarata de lágrimas y además se extendió por un largo rato, que fue proporcionado por mi madre cuando era más pequeño.

Un compañero de la escuela me regaló una goma con aroma a frutilla. Llegué a mi casa y a la hora de hacer los deberes, merienda de por medio, orgulloso y con cierta necesidad de resaltar entre mis hermanos, extraje de mi bolsa de útiles aquella espectacular goma de color rosa con un intenso aroma. De inmediato, mi madre estaba sobre mí preguntándome de dónde y cómo había obtenido aquello que seguro ella no había comprado, ya que nuestra economía no era nada buena. La pobreza era tal que no había recursos ni para algo tan insignificante. Traté de explicar, pero no pude convencerla con mis palabras. Esa noche me fui a dormir antes de tiempo y sin cenar.

Al día siguiente, se presentó en la escuela para aclarar el tema. Luego me habló con mucha seriedad:

—Te perdono cualquier cosa en la vida, menos que robes.

Yo creí que exageraba, era solo una pequeña goma con aroma a frutilla.

En aquel momento no sabía qué pensar y tampoco cómo actuar. Por un lado, mi madre decía que no me perdonaría que robara y, por otro, mi abuelo se jactaba de aquello que parecía un robo.

Una familia con dos posturas opuestas y en mi pequeña cabeza las cosas no estaban muy claras. Mi madre, con una economía decadente y cinco hijos que alimentar, amenazaba con no perdonarme si lo hacía, y mis abuelos, con una economía favorable, tomaban una postura muy diferente. «¿Qué está bien y qué está mal?», pensaba sin entender.

Una vez un señor encontró un maletín con mucho dinero. Este hombre era un humilde trabajador del interior del país, que investigó a quien pertenecía el mismo y lo devolvió a su propietario con su contenido intacto, sin quitar absolutamente nada.

Esta noticia recorrió todo el país y llegó a la capital, generando un gran debate entre las personas, dividiendo a la sociedad con una gran variedad de razones de un lado y de otro. Muchos señalaban que la actitud de aquel hombre había sido muy estúpida al devolver todo aquel dinero, ya que su situación económica era muy precaria; sostenían que aquel que pierde algo es por tonto o descuidado y, por ese motivo, debe afrontar su pérdida sin reclamos. También estaban aquellos que hablaban de moral y apropiación indebida.

No entendía a qué se referían con tanto debate, porque no había dudas que el maletín era ajeno y en su lugar, en aquel momento, hubiera hecho lo mismo. De hecho, lo hice, una tarde próxima a la Navidad.

Mi hermano y yo pedíamos plata para el Judas, una tradición religiosa que con gusto adoptamos y la convertimos en una costumbre que, hasta el día de hoy, se celebra entre los niños de los barrios de Montevideo. Se trata de pedir una moneda a todos los transeúntes para luego comprar fuegos artificiales que son colocados dentro de una figura fabricada de ropa vieja, a modo de un muñeco que representa a Judas. Este es prendido en fuego, explotando con todos aquellos petardos. Claro, en nuestro caso no podíamos darnos esos lujos, así que al terminar la jornada pedigüeña debíamos entregar todo lo recaudado para comprar los distintos ingredientes que posee un guiso.

Habíamos fabricado un muñeco, confeccionado con trapos viejos y colocamos a modo de cabeza un oso de plástico de color amarillo. La gente veía aquella figura extraña recostada sobre un muro y reían. Claro que aprovechábamos el buen humor que generaba la situación para pedir una colaboración.

En ese particular día no había muchas monedas en la lata, pocas personas se apiadaron de las tiernas caritas que mostrábamos al pedir y de aquel sucio muñeco con cabeza de oso amarillo. Estábamos en la vereda de la casa cuando una señora pasó caminando, en ese momento le pedí una moneda, pero continuó su camino sin detenerse. En aquel instante y luego de realizar una maniobra evasiva, se le cayó un gran monedero que tomé de inmediato y corrí para entregárselo. Para mi sorpresa, la señora asustada tomó una baldosa de la vereda que, por lo general, estaban suelta y me amenazó con ella, quitando su monedero de mis manos, las cuales permanecían estiradas hacia ella.

Recuerdo que volví angustiado, quizás por no recibir gratitud alguna o, por lo menos, una moneda a cambio de aquel gesto; solo quería devolverle su pertenencia, sin pensar que aquello podría haber significado una comida diferente al humilde guiso con muy poca carne que cenábamos a menudo.

Mi hermano, tres años mayor que yo, ofuscado me reprochó y dijo que estaba loco al hacer eso. Según él, debería haberle propinado una patada de forma tal que aquel monedero fuera a parar dentro del jardín de la casa para luego tomarlo, ya que en ese caso no era un robo sino aprovechar la situación que se presentaba.

En ese momento no pude entender por qué tenía que ser así, pero al cabo de un tiempo supe comprender algo que se nombraba con frecuencia y de lo que ignoraba su significado: la viveza criolla. Esta expresión, acuñada por quién sabe quién, es utilizada a diario por muchas personas. En el transcurso de los años he aprendido algunas mañas, las cuales podría decir que comparto, como saltarnos una luz roja, pasarnos primero en la fila o solo aprovechar algunas oportunidades que nos regala la vida como, por ejemplo, guardar el dinero que se encuentra extraviado en la calle.

Claro que hay personas que abusan de esto, tomando ventaja de todo sin medir sus riesgos, todo para poder jactarse ante los demás de que realizaron una gran hazaña, la misma que pude escuchar en boca de mi propio abuelo.

Esta acción es bien conocida y forma parte de la sociedad en la que vivimos. Muchas veces se queja el incauto, pero luego este se vuelve listo y trata de hacerle pagar a otra persona su desprevenida actitud.

En esta narración, quiero mostrar la realidad a la que nos exponemos cuando utilizamos esta viveza sin considerar las consecuencias.

Vivimos en un mundo que de manera constante está cambiando y, con ello, también las personas. El estrés de no alcanzar las metas a mediano y corto plazo, hace que los individuos estén bajo mucha presión y que se encuentren propensos a cometer cualquier estupidez con tal de superarse.

La situación que atraviesa nuestro país, así como otros tantos, sobre todo en Latinoamérica, nos coloca ante un escenario al cual no estábamos acostumbrados. La delincuencia y los actos vandálicos que vemos en los medios de comunicación, parecen multiplicarse. En parte, se debe a la rapidez en el acceso a la información debido a la tecnología que poseemos hoy, con lo cual podríamos pensar que hay más o menos delitos. El problema no está en la cantidad sino la forma en la cual son causados los mismos, la severidad y la frialdad con los que son consumados, lo que nos hace ver que estamos ante una sociedad cada vez más desensibilizada.

El solo hecho de presenciar un suicidio o un homicidio era causa de un trauma severo, el cual se debía tratar con psicólogos. La macabra situación en la cual se podía ver una persona sin vida era perturbadora. Hoy es muy diferente, en el momento en el cual ocurre un accidente grave, donde hay seres humanos desmembrados, brindando un espectáculo dantesco, suelen aparecer personas tratando de tomar fotos con sus teléfonos celulares, compitiendo para ver quién obtiene mayor cantidad de visitas en las redes sociales y viralizando esas imágenes por los distintos medios, llegando dicha información a todos por igual, sin importar género ni mucho menos la edad.

La ficción que relato a continuación está basada en lo crudo que puede ser la realidad y lo expuestos que nos encontramos al creer que esto solo puede ser posible a través de una pantalla o en el cine.

Es una breve historia que narra la vida de un hombre llamado Pedro, un simple individuo, sin motivo alguno para llamarle especial, pero que nos deja una gran enseñanza luego de su peculiar paso por esta vida.

Hay muchas personas que son como gato chico, según el dicho, por no conocer el peligro, como es el caso de nuestro amigo Pedro, el cual no quiso ver la realidad e hizo una apuesta muy elevada por un sueño que luego se convertiría en su peor pesadilla.

Introducción

Pedro, un joven adulto, de treinta y tres años, vivió su odisea personal en el año 2012. El muchacho era soltero, empleado e integrante de una modesta familia. Hijo de Juan y Marta, era el tercero de cuatro hermanos: Gastón, el mayor; Jazmín, dos años menor; y la más pequeña, Ana, de tan solo diecinueve años.

Ellos nacieron y se criaron en la zona conocida como El Prado, un populoso barrio de la ciudad de Montevideo, en Uruguay.

Por su larga trayectoria en el lugar, los Fernández son respetados y bien conocidos por sus vecinos y amigos. En ellos se puede percibir honestidad, respeto y, sobre todo, esos principios trasmitidos de generación en generación, pero nada de esto los hace especial sino una familia como muchas otras.

Pedrito, apodado así por sus amigos y familiares, dada su naturaleza tranquila y su amabilidad, en ocasiones desmedida, fue un gran soñador y además un apasionado de sus fantasías, las cuales solo él podía ver como una realidad futura. Digo esto, ya que muchas veces los demás insistían en hacerle entrar en razón, mostrándole realidades que él no podía ver y esto solo contribuía en molestarle, generando en su interior un deseo enorme de poder demostrar que todos se equivocaban. También poseía una peculiar forma de proceder siempre acelerada, tanto así que su ansiedad podía dominarlo rápidamente, por lo cual un simple impulso alcanzaría para precipitarle a tomar decisiones, por lo general, no muy acertadas.

El paso del tiempo iría creando un gran muro entre sus ilusiones y su realidad, haciendo que su confianza cada vez se viera más desgastada y con ello sus metas cada día más distantes.

De todas maneras, jamás dejó de intentarlo y continuó tozudamente firme en su búsqueda hacia la oportunidad que lo haría afortunado, para así poder demostrarles a todos sus logros y proezas.

«Ya llegará mi oportunidad», se repetía todos los días.

Capítulo 1
La celebración

A fines del verano y comienzos del otoño, al abrigo de una noche estrellada, con una temperatura agradable y un intenso olor en el aire a carne asada, música y risas podían escucharse desde la vereda de la casa. La familia reunida disfruta del fin de semana en una noche especial, donde celebraban el cumpleaños número treinta y siete de Gastón que, de forma anticipada, ya festejó junto a sus amigos la noche anterior, pero ahora lo hace con su familia en una reunión más íntima.

Pedro, Gastón y Antonio, el marido de Jazmín, dialogan sobre fútbol y otros asuntos. Juan, entre la parrilla y un *whisky*, también opina cuando encuentra un lugarcito, mientras madre e hija mantienen su diálogo, pero su tema es otro: la gran cantidad de fotos y videos que envió Ana desde su estadía en Alemania, donde se encuentra paseando junto a sus amigas. La pequeña Sara de cinco años, hija de Jazmín, juega con su oso de peluche bajo la atenta supervisión de su abuela.

—¡Che, viejo! Te costaron baratos los cigarros hoy. ¡eh!, ¡jeh! —decía riendo Gastón, con su peculiar dialecto campechano y de origen rioplatense, que Uruguay comparte con su vecino Argentina.

—Deja, no digas nada que la vieja me quiere matar, quiere que lo vaya a devolver... ¡Minga! —exclamó Juan con su tono campero que hace recordar de inmediato el dialecto que usan los pobladores del interior del país—. Tienen plata esos gringos. Yo soy un jubilado, ¿qué le hacen a ellos unos pesos? —prosiguió diciendo, pero sin dejar de mirar de reojo a su mujer.

Gastón contó a los presentes lo que había sucedido:

—El viejo fue a comprar cigarros con doscientos pesos y le dieron cambio de dos mil. ¡Mirá qué zorro el viejito!, si habrá salido apurado del supermercado que se olvidó de comprar el pan, no sea cosa que le digan algo —decía riendo y tomándose el rostro en señal de vergüenza.

Entre risas, alcohol y una mesa cargada de exquisitos bocados caseros, realizados por las hábiles manos de las mujeres presentes, continuó la noche a la espera de aquella clásica excusa de la carne asada, realizada casi de manera ceremonial en el parrillero de la casa, altar que al existir puede cambiar drásticamente el valor de una vivienda debido a la necesidad imperiosa de poseer dicho espacio, el cual es parte fundamental de esta cultura.

Este exquisito plato popular es, sin lugar a dudas, dentro de las opciones gastronómicas principales en el Uruguay, la número uno y, como dije antes, la excusa perfecta para reunir a todos en una mesa. El tradicional asado no solo se trata de tiras de carne, sino que, además, a las mismas les acompaña todas las achuras, como le llamamos aquí, que las conforman los riñones, chinchulines, además de los infaltables chorizos, chotos y otros, como el queso parrillero. Todo esto sobre la parrilla despide un gran aroma que podría causar la envidia de los vecinos de la zona. Por lo general, algunos comensales pierden la paciencia y se arriman al fuego con la excusa perfecta del diálogo en el asador, pero, por lo general, se tratará de una pantomima para saborear un pequeño trozo, a modo de prueba de su cocción y sabor. El ojo hábil del encargado de esta tarea pone en evidencia su intención, ya que solo el asador tiene potestad y aleja rápidamente a todo curioso que se acerca a la parrilla.

—¿Y cómo te fue con el mecánico que te recomendé? —preguntó Antonio a Pedro.

—Bien, por ahora funciona. Igual ya no quiere más nada...

—¡Comprate otro! —interrumpió Gastón, de forma burlona.

—No tengo plata, pero tengo un negocio que va a ser muy bueno, solo tengo que conseguir un socio que ponga el dinero.

—Cuidado con los socios —decía Juan, mientras daba vueltas con su largo tenedor aquellas tiras de carne que se encontraban sobre la humeante parrilla—. Las medias son para los pies... ¿Viste lo que me pasó con tu tío? ¡Bueh!, un día somos todos amigos y al otro se aprovechan. Acá en este país son así, la viveza criolla manda —concluyó.

La noche avanzaba y la cerveza se terminaba justo en lo mejor de la charla.

—¿Cuántas compraste, viejo? —preguntó Gastón, dirigiéndose a su padre.

—¡Seis! —respondió—. ¿Ya se las tomaron todas? Bueno, el que vaya me trae cigarrillos y un vino tinto.

—¡Yo voy! —dijo Pedro—. ¿Querés ir con el tío? —le preguntó a su pequeña sobrina, Sara, lo cual de inmediato fue respondido por su hermana.

—¡No! ¿Estás loco? Es tarde para la nena y vos tomaste cerveza. ¡Andá solo! —exclamó.

—¡Uuuh! ¡Qué carácter tenés! —le dijo riendo y alejándose hacia la puerta, la cual abrió para dirigirse a su auto estacionado en la calle frente a la casa.

Capítulo 2
El rapto

Abrió la puerta y tomó asiento, miró por el espejo retrovisor y vio un individuo acercándose por la vereda, pero no le dio importancia. Encendió el auto y en ese instante se escucharon varios golpes en el vidrio de la ventana del acompañante, efectuados por un hombre de unos 35 años, flaco, alto y muy mal vestido, que llevaba un gorro negro y una mochila de color azul oscuro.

En aquella zona siempre había hombres y mujeres que caminan por las calles pidiendo un cigarrillo o alguna moneda para comprar alcohol o quizás hasta drogas. Sin imaginarse nada fuera de lo normal, ya que conocía bien el barrio y su gente, abrió la ventana y con tono despreciativo dijo:

—¿Qué se te perdió? No tengo plata y no compro cosas robadas. —el hombre sonrió y metió la mano debajo de su ropa, extrayendo un arma la cual apuntó al rostro de Pedro.

—¡Ah, sos crac! ¡A ver, abrí la puerta! —exclamó aquel hombre, lo cual fue respondido por un Pedro humilde que pedía por su vida.

—¡No tirés, todo bien! ¡Tomá la plata!

—No quiero tu plata y abrí la puerta o te limpio —repitió y su orden fue acatada, destrabando la puerta para dejar ingresar a aquel forajido que apuntaba con su revólver.

Pasó su mochila hacia los asientos traseros y, sin quitar la mirada de los ojos de Pedro, dijo:

—Ahora maneja. Vamos a dar una vuelta, vas a ser mi chofer. Si te portás bien, no te va a pasar nada; si te hacés el loco, cobrás. ¡Arrancá que después te largo!

La excitación que mostraba y sus ojos desencajados hacían temer lo peor, una bala podría escaparse de aquella arma. La droga que había consumido lo hacía un hombre muy peligroso. Pedro trató de sobrellevar el momento, dándole siempre la razón sin contradecir sus órdenes y, bajo una peligrosa calma, comenzaron su peculiar viaje.

—¿Dónde vamos? —preguntaba el afligido conductor, pero el hombre solo daba órdenes de virar hacia un lado u otro sin dar a conocer su destino, lo cual solo causaba más preocupación en la mente de Pedrito. Él no quería demostrar su temor, pero sus manos temblorosas lo delataban.

—¿Tás cagado, eh? No tengas miedo, no te va a pasar nada —decía riendo a carcajadas—. Mirá, si no te haces el vivo no pasa nada. Ahora, si te portás mal te meto una bala en la cabeza y listo. ¡Tomá, tomá, métete un cacho de esto que se te pasa el cagazo! —continuaba diciendo aquel hombre metiendo su mano en el bolsillo del pantalón y extrayendo del mismo un paquete de *nylon* arrugado—. Es de la buena, creeme. Me la dio un amigo.

—No, gracias. No consumo.

—Ah, pero no sabés nada de la vida. ¡Sos un gil! Mirá, te la voy a dejar acá por si cambias de opinión y te hacés hombre —colocó el extraño paquete que contenía un polvo blanquecino sobre el panel plástico del auto, pero en una acción despreocupada dejó caer parte del mismo en el piso del vehículo—. No te preocupes, hay más de donde vino ese. Hay mucho más... —repetía con una sonrisa de oreja a oreja.

Luego de viajar por treinta minutos con rumbo desconocido, llegaron a un barrio muy humilde, carente de luces, prácticamente a oscuras. Los faros del vehículo dejaban apreciar aquel extenso muladar.

Entre ladridos de perros y caballos que pastaban a la orilla de la calle, se abrieron paso llegando hasta una modesta construcción que se encontraba en aquel dantesco lugar. Había dos hombres de pie frente a la entrada, quizás los guardias del lugar. Estos de una vez dirigieron su mirada hacia donde ellos estaban para saber de qué se trataba la presencia de aquel vehículo. El maleante advirtió a Pedro que en caso de no cumplir con sus demandas pondría en riesgo a toda su familia, ya que conocía donde vivía. Ahora estaba bajo sus órdenes.

—Pará acá, quédate en el auto y no te hagas el héroe. Si rajás, sé dónde vivís y vas a cobrar —advirtió con voz burlona.

—Sí, sí, tranquilo —contestó Pedro asustado.

El hombre descendió del auto y continuó repitiéndole, desde el exterior, que no se hiciera el héroe. Se dirigió hacia la casa donde lo abordaron los hombres que se encontraban en la entrada, pero sin dificultad pasó entre ellos. Era evidente que ya se conocían.

Al cruzar la puerta, aquel lugar era un mundo muy extraño. El aire se encontraba atestado de humo de cigarrillo y otros olores muy fuertes; se escuchaban llantos y risas que provenían de una chica que, con muy poca ropa, yacía sobre un sillón acompañada de otra que fumaba de una extraña pipa. No se inmutaron ante la presencia del hombre que acababa de entrar.

—¡GATO!, ¡¿DÓNDE ESTÁS?! —gritó varias veces, hasta que por fin apareció un señor con acento mexicano, el torso desnudo, un cigarrillo en su mano izquierda y un vaso de vidrio con un líquido amarillento en la otra. Mirándolo de arriba abajo, habló.

—¿Qué haces aquí? ¿No sabes que no eres bienvenido? Estás loco al venir, tu hermano no desea verte, así que lárgate por dónde has venido.

Haciendo caso omiso de sus palabras, sonrió y le respondió:

—Déjate de joder, mexicano, y llamá a mi hermano. No te metas y decile que tengo algo para él.

Entre gritos y discusiones, de pronto apareció Alexis, alias «el Gato», sobrenombre que obtuvo luego de escapar de la muerte y perder algunas de sus siete vidas, además de ser hábil y escurridizo como un felino. Se trataba de un hombre de altura media, aspecto normal y con una calma muy inusual que podía romperse muy rápido. Esto último se ve reflejado al instante en que se vio frente a frente a su hermano.

—¿Qué querés acá? —le pregunta con voz pausada, pero con vehemencia en su tono.

—Quedate tranquilo. Tengo algo que te va a interesar y, además, estoy acá para hablar de negocios, pero a solas… —le dijo mirando al mexicano—. No necesitás guardaespaldas —continuó diciendo, a la vez que posaba su mano en el hombro del Gato. Este lo miró y sonrió, pero, sin mediar palabras, tomó su arma, la cual traía en su cintura, apuntó y disparó sobre la pierna de su desprevenido hermano, destrozándola de un solo impacto.

—¿Querés hacer negocios después que le robaste al Colombiano y venís a mi casa? ¿Querés que te mate? —le dijo esta vez muy molesto—. Yo no voy a perder mi negocio por un latero como vos —ahora apuntaba con su arma el rostro de aquel sorprendido hombre que, trastabillando con mucho dolor y pidiendo por su vida, cruzó la puerta de regreso al exterior—. ¿Dónde tenés la plata que robaste? —preguntaba el Gato cada vez más enojado, pero el herido solo balbuceaba sin responder a su pregunta, desesperado por el dolor.

En un intento por salvar su vida, sacó su revolver para defenderse y solo logró que los dos guardias desenfundasen sus armas y juntos comenzaran a dispararle. Mientras tanto, en el auto Pedro enloquecía tratando de decidir qué hacer. Sabía que ese hombre regresaría y de seguro le pediría que lo llevara a otro lugar, usándolo de chofer para quién sabe qué negocios peligrosos.

«¿Qué hago?», se decía casi llorando del susto y la impotencia de no poder escapar de aquello que lo tenía preso. De repente, escuchó un estruendo que provenía del interior de la casa. Los hombres que se encontraban en la puerta entraron de inmediato y, en cuestión de segundos, pudo ver cómo se arrastraba su captor y pedía por su vida. Sus ojos no daban crédito a lo que veía y, más aún, cuando todos los presentes comenzaron a disparar sus armas contra el flaco de gorro negro. En ese momento supo lo que debía hacer y, sin dudarlo, dejó escapar una gran cantidad de humo con un rechinar de las ruedas del auto. Salió despavorido, mientras todas las miradas se posaban sobre el fugitivo auto. Pedro no hacía más que ver por su espejo retrovisor y hundir el pie en el acelerador.

Capítulo 3
La sorpresa

Nervioso y tembloroso volvió a la casa de su familia y, tras el temor de estar siendo perseguido, optó por guardar su auto en el garaje, junto al de su padre.

Ante el apuro, el ruido de puertas y llaves, se encienden luces en la casa. Gastón estaba de pie frente a la puerta y con una sonrisa en el rostro le habló.

—¿Qué pasó? Te fuiste de joda y nos dejaste tirados. Te llamé y no llevaste el celular. Pensé que ya estabas en tu casa.

Pedro no responde. Aterrado se deja caer contra una pared y tomándose la cabeza comienza su fantástico relato, casi extraído de una película de terror, lo cual llama automáticamente la atención de su hermano y ahora también la de su padre, que se une a la reunión luego de escuchar las primeras palabras de aquella historia descabellada.

—¿Hiciste la denuncia? —preguntó Juan, interrumpiendo el relato.

—No, no la hice. No quiero salir a la calle —dijo con voz baja y entrecortada—. Me van a ver si salgo —balbuceaba muy asustado y casi llorando.

—No pudieron verte esos tipos. Estabas dentro del auto con los vidrios negros, ¿verdad? —inquirió Gastón.

—Sí, pero vieron el auto —respondió—. No sé si me siguieron. Por las dudas, no quiero salir, por lo menos esta noche —dijo apretando con fuerza su cabeza con ambas manos.

—Bueno, pero mañana tenés que ir a explicar todo lo que te pasó a la comisaria —dijo Juan.

—¡Sí, viejo! Mañana voy a primera hora —respondió, tratando de calmarse.

Su madre también se hizo presente e inmediatamente lo abrazó.

—Estate tranquilo que ya pasó, ya pasó. Quedate en la casa hoy, por las dudas, y mañana vas a la policía.

La noche trascurrió y la mañana llegó. Eran las siete de la mañana, cuando Gastón apronta el auto de su padre para llevar a su hermano hasta la comisaria.

—¡Vamos! —dijo mientras se servía un mate. Pedro miró hacia todas las direcciones antes de abordar y, como si se tratase de un prófugo, cerró la puerta y reclinó el asiento, dejándolo casi horizontal.

Al llegar a la comisaria, lo atendió un policía que se encontraba de guardia y hablaba con otras personas que también realizaban denuncias. Este los derivó de inmediato debido a su relato con el comisario, el cual les solicitó ingresar a su oficina, donde se encontraban presentes dos policías más.

En la pequeña reunión que mantuvieron, Pedro contó con lujo de detalles todo lo que le había sucedido. Se realizó un acta y la denuncia quedó planteada, a la espera de la resolución del juez de turno. Había muchas cosas que debía explicar, por lo que, casi toda esa mañana y hasta el mediodía, ambos debieron permanecer dando detalles de lo sucedido.

Por fin, pasado el mediodía, llegaron exhaustos y con muy malhumor.

—¿Y cómo les fue? —preguntaba su madre.

—Bien, pero parece que nadie hizo una denuncia anoche por tiroteos ni por la muerte de alguien. Y tampoco se pudo reconocer al tipo que lo raptó —contaba Gastón.

—Si era algún delincuente conocido, ¿no debería estar su foto en la comisaría? —preguntó Juan.

—Pero no lo reconocí en ninguna de las fotos que me mostraron —afirmó Pedro—. No era conocido, sino sus fotos de seguro estarían allí. Además, el comisario me dijo que se trataba de un caso aislado y que el hombre no era de acá. Seguro vendía merca, por algo lo mataron. No tendría para pagar la droga o quizás fue a cobrar y no le quisieron pagar.

Un montón de conjeturas aparecieron sobre la mesa y bajaron los decibeles hasta bromear con el asunto. La anécdota pasó de muy dramática a tragicómica, devolviendo la sonrisa al rostro de Pedro. Las preocupaciones ya eran cosa del pasado.

Todo era normal y además era domingo. La tradicional pasta casera decía presente en la mesa y de seguro, luego de un abundante almuerzo, vendría la sobremesa acompañada de un exquisito café.

A la tardecita, ya entrada la noche, Pedro decide regresar a su casa pero dejando su auto en el garaje de sus padres, no sin antes retirar las llaves de su apartamento, las cuales se encontraban dentro del mismo. Al ingresar a su vehículo recordó todo lo que había vivido y nervioso se apuró, lo cual hizo que se cayeran las llaves entre los asientos. Cuando se dispuso a recogerlas, hizo un descubrimiento que lo impactó. Había olvidado por completo que el hombre que lo había raptado ingresó al vehículo con una vieja mochila, pero con todo el estrés por lo sucedido olvidó aquel pequeño pero gran detalle.

Al tomarla se sintió muy pesada, pensó que podría tener ladrillos, dado su peso y forma rectangular. La colocó sobre el espolón y se dispuso a investigar de qué se trataba.

Cuando corrió el cierre, su respiración se detuvo, su corazón comenzó acelerarse y enmudeció unos segundos, hasta que por fin salió aire de su boca y como un gran géiser explotó.

—¡Soy rico! ¡Soy rico! —gritaba con gran demencia. Todos corrieron a ver de qué se trataba tanto alboroto. Al cruzar la puerta del garaje, vieron a Pedro enloquecido arrojando dinero al aire.

Los billetes volaban y los atados hacían ruido en la chapa de vehículo al rebotar en ella y caer al piso. Era mucha la cantidad, habría millones de pesos entre moneda extranjera y local.

La familia atónita no salía de su asombro.

—¿Qué pasa?, ¿de dónde salió toda esa plata? —preguntó su padre asombrado. Pedro se acercó y comenzó el relato que explicaba cómo ese dinero había llegado hasta sus manos.

—Nadie sabe que tengo este dinero, ni la policía ni los tipos que mataron al hombre, porque de seguro era plata de un robo a algún banco y él no quiso compartir, por eso lo mataron. Nunca me pudieron ver la cara, sí al auto, por eso no lo voy a sacar más a la calle.

Al terminar su exposición comenzó a repartir aquel dinero, un poco para cada integrante de la familia, quienes gustosamente tomaban su parte y ya soñaban con lo que harían con esa cantidad. Todos gozando de una feliz realidad e inmersos en un júbilo de alegría ante el destino de su capital permanecían fuera de sí.

Juan, por su parte, se mantenían al margen y pensando como en un juego de ajedrez. De repente, levantó la voz y dijo:

—¡Están locos de remate! Piensen un poco, mataron a una persona por esa plata. Los tipos esos no son nenes de papá y mamá, de seguro están buscando a Pedro para que se la devuelva —hizo una pausa, lanzando su mirada a todos los presentes y continuó—: Y si es de un robo a un banco, ¡vaya a saber si esa plata no está marcada! ¿Quieren terminar en cana? ¡Hay que devolver eso, che! Déjense de joder.

—¡¿Estás loco, viejo?! No es una película, esto es la realidad. Los tipos nunca me vieron y la policía no dijo que anduviera investigando un robo o algo así. No va a pasar nada, tranquilo —terminó diciendo Pedro.

Pero las palabras de Juan calaron hondo en su señora y su hija, devolviendo todo a la bolsa.

—Pero, ¿cuál es el problema? —arremetió Pedro ante la postura de su madre y hermana—. Ya les dije no va a pasar nada. Es plata perdida, nadie sabe nada.

Siguió discutiendo un largo rato con su padre, hasta que su hermano mayor decidió romper el empate devolviendo lo suyo y diciendo que todo aquello era una locura.

Ahora, solo y sin apoyo de los suyos, debía tomar una decisión, la cual no era muy fácil, ya que por un lado tenía el consejo de su padre y su familia de devolver todo ese dinero a la policía y, por el otro lado, veía la posibilidad que tanto esperó de poder lograr sus metas, viajar, disfrutar y darse sus gustos.

En su cabeza solo había razones de sobra para no devolverlo, nada lo hacía pensar diferente y, además, nadie de los que estaban en contra se habían expuesto a lo que el experimentó. ¿Cómo podía ser que aquello que vivió en carne propia no tuviera una recompensa? Había leído en un libro que para cada tragedia existía una retribución divina y él exigía la suya. La viveza criolla, conocida por todos los uruguayos, al fin se hacía presente.

—No voy a devolverla, es mía —dijo—. Yo la merezco por lo que me pasó.

Todos miraron a Pedro, pero nadie quiso decir nada dada la expresión en su rostro. Ya conocían esa mirada y lo terco que era. Uno a uno se fue marchando hasta quedar solo con su bolso repleto de dinero.

Reflexionó un buen rato, tal vez más de la cuenta.

En la sala tomaban mate y veían televisión. Pedro interrumpió la calma y se sentó junto a su madre. Mirándola, en búsqueda de su aceptación, le dijo:

—Vieja, no quiero devolver la guita. Tengo una oportunidad y la voy aprovechar. ¡Me voy a Brasil!

Su madre, alarmada por las palabras de Pedro, rompió en llanto y le pidió que no se exponga a estas personas o termine en prisión, que devuelva ese dinero y se desentienda del tema.

Pedro hizo caso omiso y continuó diciendo:

—Pero, vieja, tengo treinta y tres años, no tengo estudios universitarios. ¿Qué va a ser de mi vida? Quiero progresar —decía, buscando un poco de apoyo a su decisión, hasta que Juan lo miró y en voz baja le habló.

—No hagas llorar a la vieja, ya no sos un gurí. Hacé lo que te parezca —hizo una pausa y terminó diciendo—: y no nos metas en tus problemas.

Esas eran las palabras que necesitaba escuchar.

Hizo silencio y reflexionó en lo que diría, pero cuando quiso hablar su hermano mayor interrumpió diciendo:

—Ya te hablaron, no la compliques más. Hacé lo que quieras.

Luego de un rato, comenzaban los preparativos para la cena y, en un ambiente más relajado, se fueron calmando las aguas y los diálogos se comenzaron a dar con más fluidez, sin tantas asperezas.

Capítulo 4
El plan

Antonio cruza la puerta de entrada ofuscado y renqueando con una dolencia en su tobillo.

—Hola, familia. Me parece que me esguincé el tobillo, ¡tengo mucho dolor!

—Eso te pasa por jugar al fútbol. Estás viejo para eso —dijo Gastón bromeando.

—¡Pobrecito! —exclamó Jazmín que se dirigía a darle un abrazo. Sara también corrió a saludar a su padre.

Los comentarios no se hicieron esperar y, en breve, se enteró de cuál era la noticia del día.

Sentados a la mesa y ante todos los integrantes de la familia, Pedro aprovecha para explicarles el plan que hace rato venía pensando. Comenzó diciendo cuál era su idea.

—Ya me decidí. Voy a hablar con Fernando, el piloto, para que me lleve a Brasil en su avioneta. Él me puede cruzar sin problemas. Luego voy a comprar una casa, un buen auto y tal vez ponga un negocio.

—Pero, ¿cómo vas hacer con el idioma? Además no tenés papeles y sin declarar esa plata, ¿cómo vas hacer en la aduana? ¡Estás muy loco! —cuestionó Jazmín.

Pedro, convencido de su plan y haciendo caso omiso, siguió un poco presionado por los comentarios de su hermana con su exposición, explicando cómo sería su nueva vida. Sin embargo, cada uno le hacía ver una dificultad en su flaco discurso. De todas maneras, nada afectaría su itinerario y todo parecía estar bajo control.

Al terminar de cenar, tomó su teléfono y llamó a su amigo para preguntarle si podía contar con sus servicios de piloto. Mentiras y más mentiras decía para lograr su cometido y que su amigo le diera el visto bueno a su proyecto, aceptando realizar aquel vuelo. La mayor mentira, quizás, fue para ocultar de dónde recibiría el dinero para el pago, ya que el viaje de esa manera es muy costoso.

Tendría que esperar hasta el siguiente día para confirmarle, ya que los aviones no eran de su propiedad y debía hacer varias consultas protocolares, así como también sobre su valor.

Pedro, emocionado, comentó a su familia todo lo que había conversado, cada uno de los puntos que debía tener en cuenta para aquella travesía, pero jamás mencionó que su amigo era un incauto ante la falta de información provista por este, que relacionaba un montón de dinero de dudosa procedencia.

Esa noche se fue a su casa dejando su botín y el auto. La cabeza le explotaba pensando en su viaje y todo lo que le esperaba vivir.

Nunca antes se había sentido de esa manera. Un montón de expectativas y muchísima ansiedad hicieron que sus ojos nunca se pudiesen cerrar; el insomnio se apoderó de él dejándolo prácticamente sin poder descansar.

Capítulo 5
Lo que nunca se imaginó

Todo funcionaba de maravilla para nuestro protagonista. Su fortuna y sus sueños por cumplirse lo hacían delirar de alegría, pero no todo era color de rosas. Algo se gestaba en la casa donde habían asesinado al flaco.

De alguna manera, toda la información detallada que Pedro declaró a las autoridades se filtró y llegó a las manos de Francisco, el hombre con acento mexicano: nombre, dirección, teléfonos, todo estaba allí en sus manos. El testigo de la muerte de aquel hombre ahora era un cabo suelto que debían erradicar. Además, el dinero robado a su colega, el Colombiano, por el hermano del Gato, ahora muerto, podría estar en las manos de esta persona que, seguramente, fue su socio e inventó aquello del rapto para salirse con la suya.

Francisco, un mexicano que se ocultaba en Uruguay desde hacía un largo tiempo, escapando de otras bandas de narcos las cuales buscaban su cabeza, hizo amistad y se involucró sentimentalmente con la hermana del Gato.

El mexicano tomó con calma el asunto debido a que su amigo y patrón, el Gato, se había ido hacía pocas horas al exterior a realizar algunos negocios. Por lo tanto, no haría ningún movimiento hasta que su amigo retornase el día jueves de Argentina.

Al día siguiente, Pedro volvió a la casa de sus padres, casi sin dormir, para comenzar a realizar reservas de hoteles, vehículos y hasta restaurantes; un extenso itinerario, bien definido, para no perderse de nada.

Sobre el mediodía, llamó su amigo Fernando para decirle que su viaje era posible, siempre y cuando pagara de contado y solo podría ser posible el día viernes en la mañana debido a otros compromisos. Pero antes de culminar su conversación, le hizo las mismas preguntas antes formuladas, acerca de los motivos por los cuales debía viajar a Brasil en avión, y si este viaje podía ser posible en ómnibus. Además, también existía la posibilidad de realizarlo en avión comercial y los tiempos serían otros, llegando de inmediato a su destino, colocándose a las órdenes en su supuesto nuevo empleo.

Pero Pedro justificó todo mencionando el hecho de que quizás no se verían por mucho tiempo y que jamás había realizado un viaje con su amigo. Además, ya que su nuevo empleador correría con los gastos, que eran elevados, debían aprovechar que la empresa contaba con un amplio poder financiero.

Ante la postura de Pedro, Fernando no hizo ninguna otra objeción y lo saludó con gran entusiasmo, ya que a él también le hacía mucha ilusión el disfrutar ese viaje con su amigo y, a su vez, también gozar de su gran pasión de volar.

—¡Gracias! ¡Muchas gracias! Por eso nunca lo vamos a olvidar. Creeme... ¡Un abrazo! ¡Nos vemos el viernes, sin falta! ¡Que la pases bien! —se despidió Pedro, mientras su hermana estaba presente y escuchaba la conversación que mantenían ambos amigos. Al finalizar la llamada, preguntó:

—¿Cuándo te vas?

—¡El viernes! —contestó emocionado.

—¿Te acordaste del cumpleaños de tu sobrina? ¡Es el sábado! ¡¿Qué le digo a Sara?!

—Es verdad, pero no tengo opción. Fernando solo puede este viernes y la otra semana tiene mucho trabajo y, bueno, yo me tengo que ir urgente —respondió Pedro.

—Hacé lo que quieras, al final solo importas vos. Sos muy egoísta, algún día te vas a dar cuenta y va ser demasiado tarde

—dijo su hermana alterada, cerrando la puerta del dormitorio de un golpe.

Aún faltaban días para poder comenzar una nueva etapa de su vida y ya se había convertido en un hábito el ir y sentarse en su auto, cerrar la puerta y tocar ese dinero. Acariciaba cada billete y, junto a ellos, soñaba cómo sería esa vida tan esperada. Hasta hizo un recuento de su fortuna: era de once millones ciento veinticuatro mil pesos uruguayos y veinticinco mil novecientos setenta dólares.

Al abandonar su puesto de trabajo, sus compañeros comenzaron a llamarlo para conocer las razones de su ausencia y si esto se debía a algún problema de salud. Hasta su empleador se puso en contacto para saber si podría reintegrarse pronto a las tareas, ya que se había acumulado mucho trabajo en la fábrica donde trabajaba.

Continuaban pasando los días y los detalles del viaje ya estaban bien estudiados. Además, ya nadie se oponía a su decisión; el día se acercaba y los nervios de Pedro eran muy evidentes.

Renunció a su trabajo solicitando la totalidad de sus haberes, lo que luego entregó a su madre diciéndole:

—Vieja, este dinero es de mi trabajo —su madre tomó el dinero y le prometió que lo cuidaría hasta que él volviera. Pedro reía—. Pero, vieja, no te lo estoy entregando para que lo cuides sino para que lo uses. Es poco, pero quizás alcance para comprarte algo lindo para vos.

Organizó su casa y regaló todo lo que poseía. Sus amigos no lo podían creer, de un momento a otro se iría del país dejando toda su vida, amigos, familia y trabajo.

Creando una mentira, contó que tenía una oportunidad laboral en el exterior. Sus nuevos empleadores tenían urgencia de contar con sus servicios, debía emigrar lo antes posible ya que la paga era muy buena.

Cegado por sus sueños de grandeza, mintió sin ningún escrúpulo.

Capítulo 6
Nuestra sangre

Por fin el gran día había llegado: viernes, 6:00 a.m. Gastón de nuevo hará de chofer, pero esta vez hacia el aeropuerto donde Pedro se encontrará con su amigo Fernando para emprender el viaje. Sumida en llanto, su madre le desea suerte y no le suelta su mano, mientras su padre le da algunos útiles consejos detrás de la ventanilla del auto.

Pedro miró por última vez todo su entorno y, sacudiéndose la melancolía, dijo:

—¡Vamos, que llego tarde! —Gastón apresuró las despedidas y pisó el acelerador.

En un tiempo aproximado de cuarenta minutos estuvo en la puerta del aeropuerto, donde lo esperaba su amigo. Le dio un fuerte abrazo a su hermano Gastón y se despidió para ir hacer los trámites protocolares del vuelo.

—Tengo una mala noticia —dijo Fernando—. Están retrasados todos los vuelos debido a la neblina —ofuscado, Pedro no tenía otra alternativa que esperar que el tiempo mejorara y pudieran partir.

En la casa de sus padres, el clima era de incertidumbre. Ellos tomaban mate y conversaban, mientras Jazmín peinaba a su niña para luego partir rumbo a su trabajo. Su esposo también estaba de pie realizando algunas tareas de reparación en la casa: cambiaba una lámpara quemada sobre una silla.

Al regreso de Gastón, todos querían saber si ya estaban en el vuelo.

—Creo que están demorados. Escuché que Fernando hablaba de que no saldrían hasta que se levantara la niebla.

—Dejé la ropa en la máquina. Cuando esté pronta, ¿podrás colgarla? —le preguntó Jazmín a su marido.

—Claro. Sara me va ayudar —contestó tomando a su pequeña en brazos y dándole un beso a su mujer.

Al transcurrir diez minutos, luego de la partida de Jazmín, se escucha un golpe en la puerta pero nadie se alerta ya que quizás sea ella que ha vuelto producto de algún olvido.

Pero sucede un nuevo golpe, esta vez con más intensidad, acompañado del ruido de vidrios rompiéndose y madera quebrada. Es la antesala para dar lugar a algo muy inquietante. Irrumpen en la casa tres hombres armados, el caos se apodera de todos los presentes. Un cuarto hombre entra muy despacio; su rostro, como esculpido detrás de los lentes negros, causa terror en aquellos que lo ven con los ojos bien abiertos: el mismísimo Gato se hizo presente.

—Perdón que entre sin ser invitado, pero ando buscando algo que me pertenece. Me parece que sos al que ando buscando... ¿Vos sos Pedro, verdad? —preguntó dirigiéndose a Gastón.

—No, no... Pedro no está, él no vive acá sino en su casa —se apuró en responderle.

—¡Qué raro!, ¿no? Estuvimos en su casa y ahí no hay nadie. Además, creo que si había alguien ya se mudó. ¿No me estarás mintiendo, verdad? —inquirió, con mucha tranquilidad.

—No, se lo juro. Él no está acá —dijo su padre, tratando de quitarle el problema a Gastón.

Aquel hombre levantó su mano y le hizo una señal a sus cómplices. En un segundo, dos de ellos tomaron a Gastón, lo llevaron hasta el dormitorio, cerraron la puerta y fue en ese momento cuando Marta gritó con gran desesperación, pero fue silenciada por dos fuertes estruendos que salieron del arma del Gato: uno impactó en la frente de Marta y otro casi en el corazón de Juan.

Al presenciar esto, Antonio que abrazaba a su pequeña en un rincón de la sala corrió por un pasillo hacia el fondo de la casa y subió por las escaleras hacia los dormitorios. Al no hallar por dónde escapar, escogió una de las ventanas que daban hacia el patio del vecino, pero este estaba en un primer piso, por lo cual debía saltar y ambos no podrían hacerlo ya que se trataba de una ventana muy pequeña. Al verse arrinconado por uno de los hombres que le apuntaba con su arma, tomó la decisión de arrojar a su pequeña por esa ventana y mientras le gritaba un «¡te amo!», quebró el vidrio con sus puños y dejó caer a la niña.

Tomándolo de los brazos, lo llevaron hacia un rincón de la casa. Entonces pusieron un arma en su cabeza y le pidieron información del paradero de Pedro. Su negativa hizo que el mismo Gato hiciera una amenaza.

—Si no hablas, tu hija también se muere. ¡Búsquenla! —ordenó a sus cómplices. En ese instante, Antonio exclamó:

—¡Está bien, les voy a decir! No le hagan nada a mi hija.

La información estaba completa cuando las sirenas comenzaron a sentirse cada vez más cerca, por lo cual emprendieron la retirada no sin antes y a quemarropa robarle la vida.

La policía ha llegado, pero antes de que crucen la puerta alguien más irrumpe en la escena. En un ataque de locura y desesperación, Jazmín no puede creer lo que acontece frente a sus ojos.

Capítulo 7
La persecución

El Gato ahora sabía cada paso que daría Pedro y, además, que su dinero estaba con él.

La niebla aún continuaba, impidiendo el vuelo. El Gato no podría entrar al aeropuerto, no de forma tan violenta. Sabía dónde el avión aterrizaría para abastecerse y continuar hacia Brasil y que el vuelo seguía retrasado, así que decidió llegar antes por tierra y sorprenderlo.

Pasaron tres largas horas y la niebla comenzaba a disiparse. Fue, entonces, que Pedro y Fernando comenzaron los preparativos para despegar e iniciar su viaje.

Ya con el avión en la pista, todo parecía tomar forma y con esto cambiaría su suerte. Al despegar, suspiró de alegría y, conforme tomaba altura, su felicidad se hacía más evidente. Ya nada podría interferir con sus sueños, ya poco importaba su patética vida, ni aquel hombre de gorro negro, ni el trauma de su rapto, ni todos aquellos que siempre le hicieron sentir que nunca alcanzaría sus sueños.

No obstante, sería bueno poder enviar fotos y comunicarse con su familia. Posó su mano sobre el bolsillo de su pantalón, pero había un ligero problema: en su afán de demostrar el buen momento que estaba atravesando su vida, regaló aquel costoso teléfono a un amigo, ese que tardó seis meses en pagar. El ser tan desprendido ante sus amistades, le generaba una sensación de poder que nunca había experimentado.

—¡Qué vista! —comentó Pedro.

—Sí, es lo que me gusta, por eso soy piloto —contestó su amigo riendo

Nada podía empañar tanta belleza, nadie podía interrumpir su momento, excepto la torre de control que por los parlantes se comunicaba con un lenguaje muy técnico para su entendimiento.

Habiendo trascurrido el tiempo y teniendo el aeródromo a la vista, Fernando comienza a colocar el avión en posición para el aterrizaje, configurando sus instrumentos y pidiendo autorización para su primera parada, antes de cruzar la línea divisoria entre Uruguay y Brasil.

Ya con el avión acariciando el pasto de la pista, ambos amigos mantenían una sonrisa en sus rostros.

Al apagar el motor, ya fuera de la pista, Fernando comienza a hacer anotaciones en su libro; luego cargará combustible y alguna que otra provisión, volviendo nuevamente a su viaje. Pedro, aprovecha para ir a buscar algo de comer y refrescarse fuera del pequeño aeródromo.

En el instante que cruza el portón que da hacia la calle, observa dos grandes camionetas de color negro ingresando rápidamente. Aquel era un pequeño aeroclub que se utilizaba como club social, el cual era un punto de reunión para los amantes de la aviación y algunos curiosos. Pensó que tal vez eran personas que tendrían alguna aeronave e irían a pasear, apurando el paso. Pero, de inmediato, escuchó un sonido el cual lo puso en alerta, el mismo que escuchó aquella noche donde mataron a cierto hombre.

Una explosión y luego otra, así se dieron ocho. En ese instante, regresó de inmediato para ver un gran desorden dentro de aquel recinto. Ocultándose y con mucha cautela para no llamar la atención, fue poco a poco arrimándose a la barrera que separaba el edificio de la pista. Los hombres que habían ingresado en aquellas camionetas eran ladrones que buscaban plata y él tenía mucho dinero. Quedó casi congelado cuando vio una persona tirada boca abajo, seguramente muerta.

—¿Qué pasa? —se decía en voz baja, temblando.

De repente, vio que se acercaba uno de los hombres y colocándose detrás de un viejo avión escuchó que decía:

—Acá no está, llegamos tarde. ¡El hijo de puta de Pedro se fue con la plata!

—¡No llegué hasta acá para nada! —dijo el Gato que aparecía por detrás de una de las alas del avión.

En ese momento, un frío recorrió todo su cuerpo. El hombre que estaba ahí era aquel que mató a sangre fría a su captor. Tomó valor y corrió muy rápido hacia al avión, donde aún estaba su amigo realizando sus apuntes. Mientras corría, sabía que podrían dispárale por la espalda, esos hombres no estaban jugando. Su preocupación era el dinero y, por razones que no entendía, los matones habían llegado hasta allí en su búsqueda.

Al llegar cerca del avión comenzó a gritar:

—¡PRENDELO! ¡PRENDELO! ¡NOS ESTÁN ROBANDO! —Fernando no entendía qué sucedida y todavía no había colocado combustible en la aeronave.

—¿Qué pasa? —preguntaba confundido Fernando mientras trataba de poner su avión en funcionamiento.

—Vamos que nos están robando, unos tipos tienen armas.

Los hombres vieron correr a Pedro y de inmediato entendieron que aquel era al que buscaban. En segundos, encendieron sus vehículos y al ponerse en marcha comenzaron a disparar sacando sus armas a través de las ventanas. En ese justo momento, el motor del avión se ponía en marcha.

En la cabina solo existía el temor y la desesperación por salir urgente de aquel lugar, pues, mientras se acercaban, los disparos se hacían más peligrosos. La aeronave comenzó a carretear pero la pista no estaba en condiciones, ya que el pasto alto creaba una gran resistencia y no permitía un rápido despegue. Al acelerar, las balas impactaron en el fuselaje y por un milagro pudieron despegar.

Capítulo 8
El accidente

Una larga cola de humo salía de ese avión que de seguro no iría muy lejos.

Fernando pedía explicaciones, ya que no podía entender qué sucedía ni el motivo por el cual aquellos hombres les estaban disparando.

—¿Seguro no eran policías?

—¿No te dije? Son ladrones, robaron y mataron a las personas que estaban en el club —Pedro no quiso contarle la verdad, ya que pensó que podría escapar sin tener que ser sincero con su amigo. Además, esto solo lo pondría más furioso.

—¿Mataron a las personas que estaban allí? —preguntó tembloroso Fernando.

—Sí, sí las mataron. Yo las vi, estaban ahí tiradas. Estos tipos son profesionales.

—¡La puta madre! —respondió horrorizado. Entonces, Fernando se comunicó de inmediato con la torre de control aeronáutico e informó lo que sucedía, pero el pequeño avión comenzó a ladearse y se fue rápidamente sobre un bosque de pinos. Ya no había nada que hacer, se estrellarían, sin lugar a dudas.

Desde la pista, los hombres observaron su ascenso y ahora la súbita caída sobre el monte que no estaba muy alejado de allí.

—Vamos a buscarlos —propuso el Gato muy enojado.

Dada la orden de partida, su compañero al volante pisó a profundidad el acelerador y salieron raudamente en su búsqueda. El humo que despedía aquel avión era su aliado.

En segundos, todo el bosque se convirtió en un basurero: chapas y pedazos de fuselaje por todos lados. La cabina quedó casi entera y los dos amigos se salvaron de la muerte. No obstante, recibieron heridas y magullones en todo su cuerpo ya que las ramas de los árboles fueron su escudo al caer.

Harapiento y con una pierna herida, Pedro descendió de lo que quedaba de la aeronave y buscó con gran desesperación a su amigo que permanecía inmóvil en su asiento, el mismo que colgaba de las ramas de un árbol, con el cinturón aún en su lugar y sus brazos rasguñados y empapados en sangre, sin dar señales de vida. Gritó pero nada le hacía reaccionar. Entonces rompió unas de las ramas que mantenían colgado un trozo de aquel avión, dejándolo caer. En ese momento, pudo quitarle del asiento, lo colocó en el piso donde comenzó a golpear su pecho y a soplar aire en su boca, sin ningún conocimiento de primeros auxilios, sino de acuerdo con lo que siempre había visto en la televisión. Con el tiempo en su contra y sin saber qué más hacer para ayudar a su compañero, intentó comunicarse a través de la radio pidiendo auxilio pero no funcionaba. Claro, todo estaba desecho.

Recordó entonces que Fernando traía un teléfono. Comenzó una búsqueda frenética pero esta fue en vano. Entonces, quitando los escombros, se sorprendió al ver su mochila con todo ese dinero ahí mismo. La tomó sin dudarlo y corrió hacia su amigo. Continuó, una vez más, intentando hacer reaccionar a su amigo, gritando, golpeando duro en su pecho, pensando que de esta forma reaccionaria y así fue. Quizás fue una coincidencia pero lo logró.

—¡Vamos! Hay que salir de acá, ya vienen los choros. ¡Vamos! —musitaba Pedro muy asustado. Su amigo solo balbuceaba y nada se le entendía.

Por un instante, Pedro se quedó inmóvil pensando qué hacer hasta que por fin decidió ir por ayuda, por lo que partió no sin antes prometerle a su amigo que volvería con ayuda para él. Le colocó, a modo de abrigo, un trozo de tela que consiguió entre los escombros.

Habiendo caminado cien metros, escuchó una explosión que retumbó en su mente como algo ya conocido para él. De inmediato, se escondió entre los arbustos y pudo observar a lo lejos a unos hombres que daban vueltas por todos lados cerca del accidente.

Decidió volver unos metros para poder observar qué estaba sucediendo, quizás fuese la policía, pero en vez de eso pudo ver con más claridad a aquellos hombres, los mismos que a sangre fría mataron a todas aquellas personas y no estaban allí para ayudarles.

—¿Qué hago? ¡La puta madre! ¡Me van a matar! —balbuceaba.

Entonces y, con mucho cuidado, se internó en el bosque procurando escapar sin ser visto.

Fernando yacía tendido en el piso, tapado con un pedazo de forro del asiento del avión. Cuando llegaron los hombres en sus vehículos, descendieron de los mismos y caminaron hacia lo que parecía un gran basurero en llamas.

—Ahí hay uno —dijo uno de los hombres apodado el Corcho, quizás por algún hábito referido al alcohol.

—Tráiganlo que lo vamos hacer hablar. A ver, ¿quién sos? —le preguntó el Gato.

—Fernando… —respondió haciendo un gran esfuerzo, pero nada se le entendía.

—¿Dónde está el otro? ¿Dónde está mi plata? —le interrogó, sacudiéndolo muy fuerte y tomándolo de su pecho.

—¿Qué plata? No tenemos dinero. Pedro fue a buscar ayuda.

—¿Que dijiste? ¿Se fue? ¡La puta madre! ¡Este hijo de mil putas se nos fue! —gritó enfurecido a sus cómplices—. Mátenlo y vámonos, hay que encontrarlo. No puede estar muy lejos, ese no se me escapa.

Capítulo 9
Corre por tu vida

En ese momento, Pedro sintió una punzada en su pecho y pensó en su amigo, rezando en silencio por su vida y por la de él.

—Espero que esté bien, por favor —decía llorando, pero sabía que aquellos hombres no tenían piedad luego de verlos matar a todas las personas de aquel aeródromo. Eran muy peligrosos—. Todo terminó.

Pensó en llevar ese dinero a la policía y contar todo lo que había sucedido tras el accidente y la probable ejecución de su amigo.

Caminó y caminó. En su cabeza no había lugar para otra cosa más que para la culpa y lo arrepentido que estaba. Lloraba y sufría por sus malas decisiones, además sabía que estaba siendo perseguido por hombres armados que no dudarían en matarlo.

Mientras caminaba, se hacía muchas preguntas: «¿Cómo hicieron para encontrarme?» «¿Quiénes son?» «¿Cómo saben mi nombre?» «¿Fernando estará muerto?»

No había forma de callar sus voces haciendo preguntas, calando fuerte y haciéndolo sufrir más que sus propias heridas.

Aquella fortuna por la cual estaba en ese lugar, ya no valía nada. Ese dinero no solo era parte de un robo o vaya a saber su procedencia, sino que además tenía olor a muerte.

Se sentó a descansar bajo las ramas de un gran árbol que hacían de refugio y procuró rasgar su ropa, tomando parte de ella para hacer un torniquete y así frenar de algún modo el sangrado de la herida más profunda en su pierna.

El día transcurrió muy de prisa, los rayos de sol ya no penetraban aquel inmenso bosque, las espinas eran habituales y los insectos insoportables.

Cada vez más oscuro, parecía caer una cortina negra sobre los matorrales que lo ocultaban. La adrenalina tras su odisea le ayudaba a no percibir el intenso frío y, además, su ropa húmeda ya era un peso extra. Todo aquel lugar parecía extraído de un cuento de horror, ya que casi no veía a dónde se dirigía.

Más entrada la noche, se encontró de frente con una vieja construcción derruida; la vegetación había tomado posesión de aquel lugar, con un enorme árbol había crecido en el medio de lo que algún día fuera un galpón. Buscó un rincón entre las paredes de aquel lugar para acobijarse, para su suerte aún conservaba parte del techo por lo que era un buen lugar para tratar de descansar y así luego continuar escapando.

Pedro siempre pensó que si algún día la suerte golpease a su puerta y le entregase una suma de dinero igual a la que poseía en ese momento, todo sería felicidad y alegría. La vida que llevaba hasta ese día dejaría de ser monótona y aburrida, sus amigos ya no se burlarían, sino que respetarían su posición, el dinero le cambiaría toda su realidad.

Cuando era pequeño, junto a su hermano Gastón solían caminar por la zona muy bonita llamada Rosedal, un parque muy conocido en el cual también existe un arroyo que lo cruza llamado Miguelete, el cual lamentablemente es también conocido por su alta contaminación, pero su entorno es hermoso. Este lugar es visitado con frecuencia por los vecinos del barrio y forasteros que gustan sentarse a respirar aire fresco y tomar mate, pasión de los uruguayos.

Todos los días se veían pasear a casi las mismas personas. Entre ellas, junto a su padre, paseaba un chico de pelo bien amarillo, siempre sonriendo. Este chico poseía una bicicleta muy bonita, color gris metalizada, con manubrios cromados. Los ojos de Pedro se posaban sobre ella cada vez que pasaba cerca.

Cierto día, este chico dejó su bicicleta de pie en la acera mientras su padre le compraba una bebida en uno de los kioscos existentes. Al pasar por ahí, Pedro se detuvo hipnotizado viendo los detalles de aquella bicicleta, la cual solo podía apreciar muy de prisa cuando la veía pasar: su asiento, la perfección de sus líneas y su brillo al sol eran un sueño inalcanzable, ya que sus padres le habían dicho que no podían comprarle una así; debía esperar a que las cosas mejoraran, ya que estaban atravesando una etapa económica muy difícil.

El chico de pelo amarrillo que junto a su padre esperaban ser atendidos para comprar su refresco, advirtió la presencia de un mirón que se acercaba demasiado a su preciada bicicleta y gritó con vehemencia:

—¡Me quieren robar la bici, papá! ¡Papá!

Gastón caminaba más adelante sin imaginar que su hermano se había quedado parado en la acera observando la bicicleta. Entonces, ante los gritos y la mirada de todos los vecinos y personas que los veían pasar todos los días, corrió y tomó del brazo a su hermano. Se alejaron rápidamente, siendo objeto de todas las miradas. La gente susurraba y hasta un grito se escuchó: «¡Ladrón!»

Al llegar a su casa, Gastón arremetió toda su furia contra su hermano, pegándole en el rostro, lo cual le provocó un sangrado en la nariz, acto que fue controlado por su padre que, tomándolo del brazo, puso a Gastón en un rincón y pidió explicación.

—Me dejó repegado, quería robar una bicicleta... No sé, preguntale a él.

Esto último, llenó de ira a su padre que se quitó un grueso cinturón que llevaba puesto. Al arremeter hacia Pedro, su madre hizo acto de presencia y logró parar lo que seguro terminaría muy mal.

—¿Qué pasa? —decía a los gritos.

—Que tu hijo es un ladrón.

—No puede ser, tiene que haber una explicación.

Pedro se mantenía sin decir una sola palabra, asustado por el descontrol y la ira de su padre, además tomándose de la cara por el golpe propinado por su hermano mayor. Marta se acercó al acusado y con voz menos violenta que su marido preguntó qué había pasado. Este rompió en llanto y dijo que él nada tenía que ver con lo que le acusaban; él solo estaba mirado una bicicleta, pero que jamás pensó en robarla. Entre sollozos también decía que eran muy injustos con él.

Este hecho marcó para siempre su vida. No solo no tenía lo que anhelaba tanto sino que fue por mucho tiempo injustamente acusado de algo que nunca en la vida se imaginó, tan solo por observar algo que no podía tener, tanto así que ese trágico día sería su última visita al hermoso Rosedal.

Tras aquel evento, juró que algún día tendría tanto dinero que podría comprar todo lo que quisiera y que nadie lo trataría de la forma en que lo humillaron aquellas personas que murmuraban y le gritaban ladrón. Además, con ese alto nivel social y económico su familia lo respetaría y creería en todos sus más locos proyectos y sueños.

Este suceso en su vida había quedado como una herida abierta: el recuerdo de sus vecinos murmurando, el grito de aquel niño asustado, el puñetazo de su hermano y la casi paliza que hubiese recibido de manera injusta.

En lo profundo de la noche, Pedro se mantenía bien alerta con sus ojos abiertos, sus brazos cruzados tratando de soportar el frío y el miedo que recorría su cuerpo. Cada sonido hacía temblar aún más sus piernas.

A su lado, el sueño de toda su vida estaba presente. Muchos billetes le sonreían a la espera de ser usados para dar alegría y felicidad a ese hombre tan apagado y triste que los poseía, porque a ellos no les importa quiénes sean sus dueños temporales o cómo llegaron a sus manos; están ahí para alegrar y calmar la codicia o solo para ser parte de un montón.

Los billetes no conocen de razones ni de circunstancias, tampoco de lo que los hombres llamamos bueno o malo, solo son un invento humano para hacer intercambios de bienes. Pero, increíblemente y sin ningún tipo de bondad, maldad o sentimiento alguno, estos reciben todo el amor y el odio de quienes los desean.

Sus pensamientos solo daban vueltas en torno a su amigo y pensó seriamente en volver para saber qué había sucedido con su camarada.

—Tengo que volver, tengo que volver —se repetía acongojado, pero sabía que era un grave error que seguro pagaría muy caro. Por otra parte, no sabía ni cómo volver, estaba muy desorientado y por la noche era como caminar a ciegas.

Era muy difícil conciliar el sueño con tanto ruido en su cabeza, tanto dolor en su corazón, con sus heridas, el frío y los insectos, todo parecía estar en contra.

Capítulo 10
Sueños de libertad

Por fin y luego de un tiempo, se durmió enrollado entre sus ropas y con la mochila que le servía de almohada, un tanto dura con aquella cantidad de dinero.

De repente una mano tocó su cabeza. De inmediato se dejó caer y se arrastró rápidamente, intentando escapar de aquello que lo amenazaba. Entonces miró detrás y pudo ver una gran luz que le encandilaba, eran los ladrones que estaban ahí para matarlo. Se arrodilló y, pidiendo por su vida, se inclinó llorando hacia delante, pero una mano lo contuvo y dijo:

—No te asustes, soy yo.

—¿QUÉ? ¡NO! ¡NO PUEDE SER! ¿Fernando?, ¿sos vos?

—Sí, tranquilo, soy yo —dijo alumbrando con su linterna aquel sórdido lugar donde se escondía Pedro y, desde luego, se iluminó a sí mismo para que su amigo no sintiera miedo.

—¡ESTÁS VIVO! —gritó con alivio y sin dudarlo le abrazó con gran desesperación—. ¿Estás bi-bien? —tartamudeaba con gran dificultad—. ¿Qué paso? Creí que te habían encontrado los tipos esos —decía el desorientado Pedro, pidiendo al cielo que aquello fuese real—. Pero yo te vi tirado casi muerto, ¿cómo puede ser?

—Sí, estoy bien, no pasó nada, solo me di un par de golpes. ¿Y a vos qué te pasó? Estás todo roto, ¡mirate!

—Sí, sí. Es que no podía ver por dónde iba, no tengo linternas y está muy oscuro. Hay muchas ramas y espinas, pero estoy bien.

—¿Y qué te pasó en la pierna? —interrumpió su amigo, iluminando aquella herida.

—Nada, nada. Estoy bien, tranquilo. Apagá la linterna que nos van a ver los ladrones, son peligrosos, tienen armas.

—No, tranquilo, ya se fueron.

—¿En serio?

—Sí, los vi irse. Subieron a sus camionetas y se fueron, creo que no van a volver.

—¡La puta madre! ¡Qué bueno! ¡Qué bueno! —exclamó Pedro más calmado.

Los dos amigos se sentaron a descansar, prendiendo fuego con las ramas que había por todas partes. El calor de las llamas hizo devolver la sonrisa a los rostros de aquellos amigos.

—Y decime qué hay en esa mochila que tanto cuidas. Te pedí saber que había en su interior cuando subimos al avión y me pediste que no la pasara por el escáner del aeropuerto. ¿Por qué? ¡Contame!

Aquella pregunta fue como una daga hiriente directa al pecho, pero ya no podía esconder aquella mentira. Entonces, reaccionó de forma humilde y pidiendo perdón contó lo que había sucedido, todo lo que le había llevado hasta ahí.

—¿Por qué no me dijiste antes?

—Creí que no ibas a entender.

—Soy tu amigo, ¿por qué no iba a entender?

Pedro agachó la cabeza y pidió perdón con gran énfasis. Luego abrió aquella mochila, mostrando todo su contenido. Comenzó a sacar billetes y billetes, los ojos de Fernando no daban crédito aquella cantidad de dinero.

—Se te hizo, ¿eh? Ahora sí vas a poder salir adelante, te felicito.

—¡Eh, no! Creo que lo voy a devolver, no lo quiero. Mirá a dónde me llevó esta plata de mierda, está maldita.

—No digas boludeces. Es tuya, te la ganaste.

—Pero esos hijos de puta me están buscando y no van a parar. Están armados. Mirá la gente que mataron. No, no, hay que llevarlo a la policía y listo, ya está.

—¿Qué sabés si esos tipos mataron a esa gente por tu plata o por otra cosa? Son asesinos y ladrones, no sabés por qué hicieron eso.

—Es que los pude escuchar, me estaban buscando a mí.

—¡Ja!, ¡ja!, ¡ja! Si ni te conocen, ¿cómo te van a estar buscando a vos? ¿En qué momento te vieron a la cara?

—No, nunca, pero yo escuché que uno me nombró.

—¿Estás loco? Nada que ver, tranquilo. Te hacés mala sangre sin saber nada —terminó diciendo Fernando, mientras arrojaba una rama sobre el fuego.

—¿Qué vamos hacer cuando amanezca? No tenemos auto y el avión está destrozado —preguntó Pedro.

—Yo conozco esta zona desde el aire y si no me equivoco sé que estamos muy cerca de la línea divisoria, así que si seguimos caminando hacia el este seguro vamos a cruzar —Fernando tenía conocimiento más que suficiente para guiarle hacia su sueño de comenzar una nueva vida.

—¿Me estás jodiendo? ¿Te parece que podemos llegar? —preguntó Pedro asombrado y a la vez maravillado por esas palabras de esperanza.

—Claro, ¿por qué no? Estamos muy cerca, ¿ahora te vas a cagar? —replicó su compañero.

—Sí, claro, es verdad —dijo medio confundido—. Está bien, entonces cuando estemos en Brasil al fin vamos a poder descansar y tomar una buena cerveza bien fría, ¿verdad?

—Claro que sí, como se debe —contestó su amigo.

Pedro se sintió más aliviado, luego se incorporó y comenzó a caminar alrededor del fuego, juntó sus manos y las frotaba sin cesar. Entonces dijo:

—Quiero compartir mi dinero con vos

—¡Eh, no! Es tu plata y vos te la ganaste. No me tenés que dar nada, déjate de joder.

Pedro insistió.

—Somos amigos y los amigos comparten todo, así que te voy a dar todo esto. Mirá...

Extrajo una gran parte de aquel dinero y lo entregó a su amigo, pero este se rehusaba, hasta que luego de un agitado debate aceptó, guardando ese dinero entre sus ropas.

—¡Muchas gracias! Con esto vamos a comprar muchas cervezas y a buscar unas lindas brasileras.

—Claro que sí —dijo Pedro con una gran sonrisa en su rostro.

Las brasas encendidas tenían un rojo intenso, el calor que emitían daba cobijo y acariciaba el rostro de Pedro, el cual ahora reía motivado por la decisión que tomó luego del consejo de su amigo. Comenzó a narrar con detalles lo que haría con la parte, luego de aquella división, que le quedaba y era una gran suma.

—Quiero abrir un negocio. Siempre me gustó el rubro de la comida. Tengo muchas deudas y no puedo pedir un préstamo, pero ahora que tengo este dinero no voy a perder la ocasión. ¿Sabés? Nunca me dieron una oportunidad, siempre fui la oveja negra de la familia. Igual creo que varias veces me dejé llevar por la estupidez, pero era muy boludo. Ahora soy más vivo —decía un poco decepcionado de su pasado.

Sentado sobre las hojas y las ramas, se dejó caer hacia atrás y mirando hacia el cielo comenzó a narrar parte de su vida.

Contó que cuando era más joven, justo el día de su cumpleaños número dieciocho, su padre le regaló una moto que tenía tres ruedas. La verdad era el vehículo más horrible que había visto en su vida, pues no era un auto y tampoco una moto. Además del bullicioso ruido, tenía una caja que se abría hacia atrás; eso sí, cabían muchas cosas ahí dentro. Era de color azul con algunas líneas en los costados.

Cuando su padre le entregó las llaves, le dijo entusiasmado:

—Con esta moto vas a poder hacer muchas cosas: repartos, pedidos, transportar las cosas que quieras, además de disfrutar de un buen viaje de pesca.

Pedro solo tenía una vieja bicicleta que utilizaba para ir de un lado a otro, pero no le importaba al recibir aquel regalo, ya que se sentiría muy avergonzado al manejar aquella cosa horrible.

Sentía que todos se burlarían de él, que las chicas no le mirarían jamás y que nunca sería popular. Así que para no hacer sentir mal a su padre, tomó aquella moto y la llevó a lo de su abuela, donde había lugar para guardarla mientras comenzaba las gestiones para dar inicio a su negocio.

Pasaron siete meses y todavía no tenía idea de qué haría con aquella cosa. Su abuela pedía el sitio que le robaba la moto en su garaje, no tenía auto pero le molestaba ver ese vehículo ahí dentro quitándole todo el espacio. Su padre preguntó solo un par de veces para conocer cuál era el negocio que tenía en mente, pero luego de un tiempo desistió y no hizo más preguntas.

Un día, camino al club donde concurría habitualmente un amigo, le comentó que quería comprar una camioneta para realizar un reparto de productos de limpieza, negocio que compartía con su familia. Entonces Pedro le comentó que le habían regalado aquel espantoso triciclo y que no sabía qué hacer con él, ya que de seguro jamás lo utilizaría. Su amigo quedó muy interesado, así que preguntó si tenía intenciones de venderlo. Los ojos de Pedro se iluminaron y sin pensarlo le pidió que fuese a su casa al día siguiente.

Tal y como habían quedado, al día siguiente lo aguardaba Pedro en la acera de su casa para acompañar a su amigo a la casa de su abuela, donde se encontraba aquel vehículo. Luego de verlo y hasta probarlo no le quedaban dudas, así que la venta estaba asegurada. En su bolsillo ahora había mil quinientos dólares, suma que volcó de una vez en los activos más importantes para él: ropa, zapatos, un televisor más grande que el que tenía y, además, un enorme teléfono celular que se asemejaba a un ladrillo con su peso y dimensiones.

Había conseguido trabajo en un puesto de verduras, lo cual le dejaba una ganancia que le permitía ir a bailar y salir con una chica con la que en aquel momento estaban de romance.

Un día, sacando los cajones hacia la calle para abrir el puesto, le llamó la atención el ruido de una moto la cual pasó muy cerca, pero no era cualquier moto sino que se trataba del regalo que su padre le entregó y que el vendió a un amigo. Levantó la mano en gesto de saludo y pudo ver que a su lado viajaba alguien. En la cabina solo podía ir una persona, pero ahí estaban ambos, incómodos o no, pero sus rostros se veían muy felices.

Fue ahí donde interrumpió la narración, puso su mano en su rostro, como tomándose el mentón, tosió y guardó silencio.

—Pero, ¿por qué esa cara? ¿Quién era? —inquirió su amigo intrigado, pero Pedro no contestó y continuó en silencio por algunos segundos, observando el fuego.

—Me equivoqué muchas veces en mi vida, confié en personas que luego me dieron la espalda. No entiendo por qué la mala suerte me acompaña. Hago siempre lo mejor que puedo y siempre hay alguien que me termina cagando —decía moviendo su cabeza de un lado a otro. Tomó un puñado de billetes de su bolsa y finalizó diciendo con una sonrisa en su rostro—: Ahora con esto la rompo, se pueden ir todos a la puta madre que los parió.

El amanecer se acercaba y con él los cantos de los pájaros se comenzaban a sentir. Los débiles rayos de luz ya dejaban ver parte de aquel oscuro recinto. Los dos amigos comenzaron a movilizarse y, con mucho trabajo, iniciaron su camino hacia la salida del sol.

Luego de algunas horas y con el día a pleno, llegaron a un pequeño pueblo donde sus escasos pobladores los veían con rostro de intriga y asombro.

—¡Olá! —los saludó una señora con acento brasilero. La misma caminaba con una gallina tomada de sus patas. Los amigos asintieron con un movimiento de cabeza.

—¿Ya estamos en Brasil? —preguntó Pedro entusiasmado a su amigo.

—¡Claro! Vamos a preguntar dónde podemos comprar algo de comer y dónde podemos conseguir un lugar para bañarnos y dormir un rato —respondió su compañero feliz de haber salido de aquel lugar.

Pedro estaba encantado, ahora sí la vida era diferente con esa cantidad de dinero. Nada se interpondría, ni siquiera su gran enemigo, el Gato. No obstante, este individuo seguía en la búsqueda de su fugitivo dinero.

—¿Dónde está ese hijo de puta? —decía el mexicano mientras colocaba algunas balas en su revólver, sentado al lado de su amigo en la parte trasera de una de las camionetas.

—Tiene que estar cerca, no se me va a escapar —contestó el Gato alumbrando con una linterna a los costados del camino, bastante molesto. Había abandonado todas sus tareas y obligaciones para perseguir a este fulano y ya no solo quería recuperar su dinero, sino que ahora su respeto estaba en juego ante sus camaradas. Aquel escurridizo hombre solo lo estaba poniendo en ridículo, en un rato se les escapó dos veces.

De niño, Alexis soñaba con poseer riquezas tan grandes que jamás debería trabajar. Al mismo tiempo, sabía que el dinero te da poder y que nadie se opondría a sus demandas, así que, sin dudar, se prometió hacer lo que fuese necesario para alcanzar aquel sueño.

Ale, como le decía su madre, venía de una familia de clase media, por lo cual nunca pasó necesidades económicas. Su padre siempre estaba de viaje debido a su trabajo, asociado a la venta de mercadería manufacturada en el país para su venta al exterior. Su madre, por el contrario, siempre estuvo presente, pero entre su trabajo de maestra en una de las escuelas de Montevideo y sus obligaciones hogareñas, era poco el tiempo para dedicarle a los tres hermanos, por lo cual sus amigos y la televisión fueron sus aliados más cercanos.

Patricia, la mayor de los hermanos, terminó sus estudios alcanzando una muy buena oportunidad en una importante empresa, lo cual la colocó en una posición económica muy respetable. Alexis y su hermano menor abandonaron sus estudios y se dedicaron a trabajar como empleados en una empresa de construcción transitoriamente, ya que por lo general acababan cambiando de empleo.

Una tarde, luego de haber bebido unas cervezas sentados en un banco de hierro en una las plazas a las que solían ir luego de la jornada laboral, tenían una gran discusión por saber quién pagaría la próxima, ya que sus posibilidades económicas no eran las mejores. Pero la discusión terminó abruptamente luego de que un funcionario de policía se hiciera presente.

—Documentos —ordenó con voz grave y demandante.

—No, no tengo. No uso billetera —dijo Mario, el hermano menor del Gato.

—¿Y vos?

—Yo tampoco uso. ¿Pero qué hicimos? Estamos tranquilos tomando una cerveza, ¿qué hay de malo en eso? —le reprochó Alexis molesto.

—¡Callate! Date la vuelta con las manos donde las pueda ver.

Ambos hicieron lo que les solicitaba el agente, el cual estaba escoltado por dos policías más. Uno de ellos se acercó a los hermanos y comenzó a pasar su mano por sus cuerpos, palpando cada centímetro.

—¡Ajá! ¿Qué es esto? —introduciendo su mano en uno de los bolsillos del pantalón de Mario, pudo extraer una bolsa con un polvo blanco—. Mirá vos, así que sin documentos y vendiendo droga en la plaza.

—No, pará, no vendemos drogas. ¡¿Qué mierda es eso?! —exclamó, mirando a su hermano.

Otra vez Mario haciendo de las suyas, desde pequeños poniendo en problemas a su hermano, creando situaciones en las que siempre era la víctima y los que lo rodeaban pasaban a ser los culpables de sus travesuras. Esta vez no eran niños y las consecuencias serían más que un regaño o un tirón de orejas. Mario tenía mucho en común y era un fiel reflejo de nuestro protagonista Pedro, jamás se detenía a pensar en lo que podría salir mal.

—Bueno, calladitos y no quieran hacerse los que no saben nada. Ya conozco a muchos como ustedes, todos son inocentes. Eso díganselo al juez y se dejan de joder.

Ahí mismo les colocaron las esposas y viajaron hasta la comisaría. Luego de un buen rato de espera los hicieron pasar, uno a la vez, y les hicieron varias preguntas. Después de una nueva espera de unas dos horas, los condujeron a un calabozo donde los tuvieron en custodia durante toda la noche y hasta la tarde del otro día.

Mario recuperó su libertad pero su hermano no, ya que tenía antecedentes por disturbios en un bar por salir en defensa de él al tratar de sobrepasarse con una chica la cual tenía novio. Otra vez debía afrontar la carga de tener un hermano revoltoso.

Al día siguiente, uno de los policías que lo custodiaba se acercó llevándole su comida, pero el Gato estaba muy enojado, tanto así que tomó la bandeja que contenía el alimento y la arrojó lejos. Esto motivó que el guardia le pegase un golpe con su mazo de madera, el cual respondió con un fuerte golpe de puño en su rostro, lo que causó su reclusión ahora sí en una prisión. Pasaron seis largos meses, en los cuales conoció a muchas personas que le narraron sus vidas, sus hazañas y logros. Se hizo muy amigo de un recluso llamado Hugo y apodado el Colombiano, y juntos hicieron una promesa de que al salir de aquel lugar no habría otro camino que volverse ricos, sea como sea.

Al cabo de un tiempo, él y su compañero fueron liberados y comenzaron a realizar todo tipo de negocios pero nada funcionaba. Fue ahí cuando su amigo el Colombiano propuso la venta de cocaína ya que conocía un distribuidor. Alexis se opuso de inmediato pero no había un camino fácil a seguir; no tenía empleo, a su casa no podía volver, no así, siendo un pobre diablo.

—No perdemos nada —le decía Hugo—. ¿Qué puede pasar?, ¿volver a la cana? ¿Y qué?

Con esas palabras, Alexis tomó una decisión y comenzó un nuevo camino, pero esta vez no le iría nada mal. El tiempo transcurrió y los amigos tomaron rumbos diferentes, pero continuaba su amistad. El Gato hizo grandes negocios que lo pusieron en la cima de muchos otros, por lo cual la droga que se comercializaba en Montevideo pasaba por sus manos. Supo hacer mucho dinero, pero sus malas decisiones y su tozuda forma de proceder no le dejaron crecer más en el negocio, por lo que se mantuvo a la sombra de otros.

Patricia, su hermana, se enamoró perdidamente de Francisco, a quien llamaban el mexicano por ser oriundo de la ciudad de México, quien luego sería su camarada. Francisco, una persona muy astuta e inteligente, se le unió ya que conocía muy bien el negocio y además ahora eran familia. Su lealtad hizo que pasase a ser la mano derecha de su amigo y patrón, el Gato.

—Por ahí —dijo uno de los hombres pisando el freno.

Descendieron de los vehículos para encontrar un pedazo de tela ensangrentada.

—Es él, debe estar cerca. ¡Hay que seguir, hay que encontrar a ese hijo de puta! No se va a escapar —gritaba el Gato, mientras se ponían en marcha las camionetas entre los caminos de tierra.

—¡Cabrón! ¡Ya va a caer! —exclamaba Francisco, muy irritado.

—Decime, ¿sabés algo del Colombiano?, ¿sigue caliente? —preguntó el Gato a su amigo.

—Lo de tu hermano lo tranquilizó un poco, pero ahora quiere la cabeza del otro y, por supuesto, toda su plata.

—Sí, ya sé —musitó el Gato, pensativo—. Ahora hay que encontrar a este hijo de mil putas y llevarlo junto con la plata. ¡¿Cómo este latero de mierda me viene a complicar la vida con el Colombiano? Ya teníamos el negocio armado... Lo mataría de vuelta, ¡¡qué hijo de puta!! —exclamó enfurecido, cerrando un puño y golpeando su otra mano abierta con gran vehemencia.

Hugo, su antiguo amigo y exsocio, había contratado a su hermano Mario luego de que este le pidiese trabajo en varias oportunidades. Se desempeñaba muy bien debido al gran conocimiento que tenía para la distribución, transportando y haciendo llegar la droga hasta los pequeños comerciantes, donde después se vendería en las bocas de venta, llamadas así coloquialmente.

Durante un año estuvo trabajando para su patrón sin problemas, ya había conseguido ganarse la confianza de su empleador, a pesar de que su hermano Alexis estaba en contra de esta alianza. Luego de un tiempo, las cosas comenzaron a cambiar y surgieron algunos inconvenientes debido al consumo de sustancias, las cuales iban en aumento, por lo que el Colombiano decidió expulsarlo de sus filas para no matarlo por el respeto que aún sentía por su hermano. A pesar del alto consumo, Mario era muy hábil, por lo que decidió tomar un poco de aquel dinero que durante ese año había ayudado a recolectar. Conocía muy bien dónde se guardaban las recaudaciones, sabía qué hacer y cómo ingresar, robar una buena cantidad en forma de retiro y salir sin ser detectado por los temibles hombres que custodiaban el lugar, día y noche. Así que sin pensarlo mucho, lo hizo.

A fines del verano, comienzos del otoño, al abrigo de una noche estrellada, luego de hacerse de un gran botín, matando a cuatro de sus custodios, Mario se desplazaba «a patas», como decimos habitualmente, por un barrio de Montevideo, delirando con ser perseguido y afectado por una cantidad inusual de cocaína. Merodeaba en búsqueda de algo o alguien que lo ayudase a desaparecer antes que lo descubrieran y encontrara su destino en manos del que había sido su patrón, el Colombiano. En su camino, de pronto se encontró con un hombre que se aprontaba a partir en su automóvil. Lo abordó y sacó su arma, y tomándolo por sorpresa pudo ingresar al vehículo para escapar rápidamente del lugar, ya que a muy pocos metros había cometido el robo de su vida.

Pedro y su amigo ya habían entablado un peculiar diálogo con los pobladores, haciéndose entender mediante un dialecto llamado «portuñol», el cual es una mezcla ambas lenguas, por lo general utilizado en zonas fronterizas. Fernando era oriundo del departamento de Rivera, por lo cual tenía cierto conocimiento del mismo.

De esta manera, y con la ayuda de unos pocos billetes de muy baja denominación, los amigos consiguieron el tan ansiado hospedaje y con esto tranquilizarse. Además, también pudieron disfrutar de la comida y los placeres que con gusto aquellos humildes campesinos le podían brindar. Estos se vieron sorprendidos por la gran cantidad de dinero que poseían los forasteros, así que no dudaron en ofrecerles lo que pidiesen.

—¿De dónde sacan tanta comida? —preguntaba Pedro asombrado.

—El dinero hace magia, no te olvides. Acá y en la China todo lo que quieras está a tu alcance —contesto su amigo, tomando un trozo de pan de aquella mesa que se encontraba repleta de carnes, porotos, frutas, vino y hasta chocolate, todo para agasajar a los muchachos.

En medio de aquel festín, una chica entraba a la sala donde ambos se encontraban absortos y sorprendidos ante la presencia de aquella hermosa morena que, con muy poca ropa y hablando en portugués, se acercó sonriente con el fin de seducirlos. Sin esfuerzo, ambos se entregaron a sus movimientos de cadera. No entendían absolutamente nada de lo que hablaba, pero moviendo sus manos y haciendo gestos la comunicación comenzó a ser más fluida. Aquella joven los iluminó con su mirada y danza, un billete tras otro y aquello comenzó a verse como una verdadera fiesta.

—¿Qué vas a hacer? —le gritó Pedro a su amigo mientras bailaba, entre el bullicioso sonido de una acordeón distorsionado, el cual provenía de una radio que se mantenía a todo volumen.

—¿Qué voy a hacer de qué? —preguntó sin entender.

—¿Te vas a ir o te quedas en Brasil?

—¿Estás loco? —dijo y largó una carcajada—. Yo tengo familia: un hijo, un perro y una mujer que me quieren. No puedo dejarlos, son todo lo que tengo en la vida. Claro que tengo que volver.

—Está bien, yo no tengo nada de eso —respondía Pedro, mirando a la muchacha que le sonreía—, pero pienso comenzar ahora mismo.

Una brisa extraña comenzó a soplar dentro de aquella casa. Fernando se levantó, dejó su comida sobre la mesa, caminó hacia la puerta y dijo:

—Ya es hora, tengo que irme.

—¿Pero cómo que ya te vas? —preguntó Pedro extrañadísimo—. ¿Cómo vas a irte? ¡Esperá! —dijo sobresaltado y sin querer derramó su vaso de vino, el cual bañó su pantalón.

Sintió un escalofrío en todo su cuerpo, despertando en el mismo lugar donde se quedó dormido. No podía creerlo, el frío y el dolor se apoderaron rápidamente de su cuerpo. Comenzó a temblar tanto que pensó que moriría en aquel lugar. Procuró calmarse, se tomó de sus piernas y puso su cara entre ellas para, de esta forma, evitar el frío pero nada podía atenuar aquello. Entonces lloró un largo rato, su mente divagaba y con ello los recuerdos no daban tregua. Se lamentó de no haber escuchado a su padre, se arrodilló y procuró una oración con voz temblorosa, suplico piedad y compasión diciendo:

—Por favor, Dios, no me abandones. Por favor, ayudame.

Y sus lágrimas continuaban brotando de sus ojos cansados.

—¿Qué hago?, ¿qué hago? —se repetía sin cesar.

De repente, un ruido lo alertó y pudo ver a lo lejos algunos haces de luz que penetraban en la oscuridad. Quizás eran los asesinos que mataron aquellas personas y a su amigo, de seguro venían por él. Pensó en dejar su dinero donde lo pudieran encontrar y con esta acción terminarían con aquella alocada persecución, pero debía llamar la atención para que los hombres fueran directo al lugar y esto era muy peligroso, así que descartó la idea.

Aquel lugar ya no era seguro y debía comenzar su viaje alejándose de estos maleantes. Al cabo de un rato ya casi amanecía y se podían ver los primeros rayos de luz, lo que le permitía avanzar un poco más rápido.

Por fin llegó el sol, se asomaba en el horizonte y con él las esperanzas de salir de aquel lugar.

Había cambios de planes, ahora su meta era llegar hasta el próximo pueblo donde ponerse a salvo y hablar con la policía.

Al continuar su camino, notó que la vegetación había cambiado.

—¿Estaré llegando al mar? —se preguntaba.

Parecía una laguna o algún riachuelo, pero al cruzar un inmenso pajonal pudo ver con claridad aquello que estaba ante sus ojos. Era un río y a lo lejos se podía ver un puente hacia el otro lado.

Pensó que si podía cruzar ese río podría alejarse de aquellos hombres, pero también sabía que se encontraba muy lejos y si caminaba rumbo al puente por ese descampado podría ser visto por quienes lo perseguían. En cambio, camino hacia la costa y para su asombro, había una persona que estaba pescando en una pequeña embarcación. Al acercarse vio que recogía una red.

—Buenas tardes, señor —le saludó desde la orilla. El pescador lo miró e hizo un movimiento con la cabeza hacia abajo. Pensó en contarle todo lo que había sucedido, pero de inmediato se arrepintió.

El pescador lo miró asombrado. El hombre que le saludaba tenía toda la pinta de ser un prófugo de la justicia. O, por lo menos, eso parecía; no podría saberlo en realidad. Ante la duda, se inclinó para soltar sus redes sobre la cubierta del barco y, disimulando, introdujo su mano en una de las cajas de madera que poseía la embarcación. Con mucha cautela, tomó su revólver, el que utilizaba para protegerse de los ladrones, y con un rápido movimiento para una persona de su edad, lo colocó en su cintura sin que el muchacho lo pudiese notar.

Entonces, le habló en portugués para desorientarlo, ya que este le había saludado en perfecto español. Además, no le interesaba saber qué hacía ese fulano ahí. Lo mejor que podía hacer era irse lejos y dejarlo en paz, con sus redes y los peces, pero el forastero continuaba muy cerca de su embarcación.

—Señor, no entiendo lo que dice —dijo, angustiado—. ¿Dónde estamos? ¿Allá es Brasil? —preguntó señalando con su dedo índice.

En ese momento, el viejo pescador, ya entrado en años y carenciendo de paciencia, pensó en sacar su arma, apuntar para exigirle que se fuera de una vez; le estaba haciendo perder el tiempo. Además, estaba ahuyentando a los peces con su escándalo. Pero antes de que pudiese llevar su mano al revólver, el muchacho descolgó su mochila y mostró parte de su dinero:

—¿Me puede cruzar hacia la otra orilla? —pidió—. ¡Le puedo pagar!

El viejo quedó extasiado viendo esa cantidad de dinero. En todo el día no había pescado más que unos peces, que no alcanzarían para pagar ni el combustible ya gastado. Ese dinero era la solución a muchos de sus problemas. Aquello lo cambiaba todo en su vida. De inmediato, comenzó a observar a su alrededor para asegurarse de no estar cayendo en una trampa y que lo tomaran por sorpresa. Quería estar seguro de que no existan más individuos extraños. Se acercó hacia la orilla y saludó con un apretón de manos. Pedro, por su parte, se sentía feliz de haber encontrado a una persona que le ayudase y quizá lo admitiese en su embarcación.

—Súbase —le dijo en español.

Pedro lo observó extrañadísimo.

—Pensé que era brasilero —comentó.

—No, soy uruguayo, pero pasé mi vida del otro lado —respondió el viejo.

—Ah, o sea, ¿aquel lado es Brasil? —interrogó Pedro.

—Sí, así es. ¿Y qué hace por acá, tan lejos de la ciudad? —preguntó el viejo mirándolo de arriba abajo.

Pedro no sabía qué responder, tenía miedo de narrar lo sucedido a este desconocido. No sabía nada de este señor, ni qué podría pasar si este se enteraba de todo, así que comenzó diciendo:

—¡Eh! La verdad, venía desde Montevideo hacia Brasil y en la ruta me robaron unos chorros. Se quedaron con el auto y yo pude escapar. Este dinero es parte de un negocio con una empresa brasilera. Tengo que llevarlo para entregar el pago a los clientes y después, si Dios quiere, poder volver a mi casa.

—Ah, mira vos... ¿y no conocen los bancos ustedes? —increpó el viejo, con sarcasmo. Pedro soltó una risa, a pesar de ser clara su incomodidad. El pescador, sin embargo, realizó un gesto con su cabeza, restándole importancia a la situación y riendo también.

Pedro, tratando de cambiar el tema, repitió su solicitud:

—Como le dije antes, si me cruza hacia Brasil, estoy dispuesto a pagarle muy bien.

—Está bien, no hay problema. Yo lo cruzo al otro lado —dijo el viejo y, con amabilidad, le pidió que tomase asiento sobre los maderos de la proa. Por supuesto, no creyó ni una sola palabra de ese débil relato, pero sí creía en todo ese dinero que se encontraba ahora sobre su barco. Entonces encendió el ruidoso motor, que rugió con fuerza y con rapidez empezó a avanzar rumbo a la otra orilla.

El viejo, sentado sobre la popa, donde estaba el motor que piloteaba usando el brazo metálico que movía de un lado a otro, observaba a Pedro y veía una oportunidad para hacerse de todo el botín: tenía un arma y el control de barco. Tan solo un movimiento brusco de su parte, y podría hacer caer al desconocido. Sin embargo, tenía dudas. Aquel muchacho tenía mucho dinero, y él siempre se repetía que, aquellos que poseen riquezas, la obtienen luego de hacer grandes apuestas en sus vidas, haber trabajado duro o ser herederos. El forastero no encajaba en esos perfiles. Así que, sí poseía tal cantidad en su poder, era por otros motivos.

Dada su apariencia, estaba frente a un delincuente. ¿Estaría armado? Puede apostar que sí. Por lo tanto, debía ser prudente. El pescador era un hombre viejo que, en su juventud, se caracterizó por ser hábil con sus manos y con las armas. Dedicó muchos años de su vida al robo y al vandalismo, viviendo entre las sombras. Muchos de sus años pasaron en entrar y salir de la cárcel, pero ya no tenía fuerzas para atacar al muchacho, quien, por más magullado que estuviese, era mucho más joven y fuerte.

El viejo se limitó a sujetar el arma, sin utilizarla. Mientras tanto Pedro solo veía hacía adelante, solo desviando la mirada cuando el agua chocaba con la proa y alcanzaba su rostro, desesperado por llegar lo antes posible a su destino. No se imaginaba lo expuesto que estaba, y como los peligros le respiraban en la nuca, ya que no tendría oportunidad alguna contra un arma de fuego. Si el viejo, quien se moría de ganas por aprovechar esta oportunidad y efectuar el robo, hubiese tenido la valentía de hacerlo, habría ganado, nada lo hubiese detenido. Pero no fue así.

La viveza criolla se lo pedía a gritos, pero las dudas y temores eran más grandes que su ambición: ¿quién era ese muchacho? ¿De dónde venía? ¿Estaría armado? Y, más importante, ¿de dónde sacó todo ese dinero? Además, en ocasiones, con su mano derecha parecía acomodar un arma entre sus ropas, pero no era más que su dolencia, la cual frotaba para disminuir el dolor de aquellas heridas causadas por el accidente y todos los magullones recibidos.

Mientras tanto, a lo lejos, uno de los cómplices del Gato pudo ver cómo Pedro se alejaba hacia la otra orilla, así que fue al encuentro de los demás para anunciar lo que sucedía.

—¡Está cruzando en un bote! —exclama, excitado.

—¡Eh! —respondió El Gato, que no podía entender cómo aquel escurridizo hombre lograba seguir escapando y sin dudarlo dijo—: Vamos, hay que cruzar el puente y esperarlo del otro lado, ahora sí no se me escapa este hijo de perra.

—¿Cómo se hizo esa herida? —preguntó el pescador, señalando la pierna de Pedro. Quería conocer un poco más de él, tal vez averiguar algún dato de utilidad que pudiese aprovechar. Solo una pequeña abertura, algo que indicase debilidad, y tal vez podría hacerse con el dinero.

—Cuando estaba escapando de los ladrones, me enganché en un alambrado —por supuesto, era una excusa rápida y mal elaborada. Incluso el viejo lo creyó así, pero decidió seguirle el juego, por lo que contestó:

—Claro, claro —movió la cabeza de un lado al otro—. Lo supuse —musitó en voz baja. «Este no va a soltar nada, es muy astuto», pensó el pescador, resignado.

Tras un breve tiempo de travesía, por fin llegaron a la otra orilla. Pedro tomó un gran mazo de billetes y los dejó en las manos del viejo, despidiéndose de él de esta forma. También, demostrando así su gratitud, sin saber la suerte que había tenido. El viejo, frustrado y enojado, solo aceptó el fajo y se despidió con un tenue apretón de manos, alejándose con cara larga.

Capítulo 11
El largo camino a casa

Entre piedras y raíces de árboles, se encontró en un lugar hermoso con una vista muy bonita y mucha vegetación a la orilla del río.

—En este lugar nunca nadie me va a encontrar —pensó—. Estoy en Brasil —se dijo a sí mismo y se sintió más tranquilo.

Desde aquel lugar podía ver el bote haciéndose más pequeño a medida que se alejaba. Se sentó a contemplar aquel sitio y nuevamente comenzaron a sonar las voces en su cabeza. Las mismas hacían punzantes preguntas, pero esta vez estaba en Brasil, el país de sus sueños, donde nadie lo conocía.

Sin esfuerzo y con todo ese dinero iniciaría una nueva vida. Fue ahí cuando comenzó a cuestionarse si de verdad debería entregar el dinero y ser parte de una tediosa investigación, de un largo proceso que, de seguro, debería enfrentar y cumplir una condena por lo sucedido al ocultar información y toda esa cantidad de dinero a las autoridades.

Se acordó de todo aquel dinero que le entregó al pescador y se arrepintió. Desde el comienzo de toda esa locura él no había utilizado ni un céntimo de su fortuna, incluso el elevado costo de su fallido viaje que debía entregar a su llegada a destino también permanecía bajo su custodia.

—¿Por qué le di tanta plata a este hijo de puta? ¡Malparido! —Y así continuó un buen rato insultando a aquel pescador.

Revisó la cantidad que aún quedaba y descubrió que todo estaba bien.

—Por lo menos los dólares están acá. ¿En qué estaba pensando? —dijo molesto y terminó su monólogo en voz baja.

Pensó que, si caminaba adentrándose al país, no muy lejos de ahí, encontraría un pequeño asentamiento brasilero con gente muy solidaria a quienes podría pedir ayuda, como la de su sueño, pero esta vez llegaría solo.

—¡Puta madre, fue muy real!

Continuó pensando en cómo haría para mezclarse entre la gente. El idioma quizás era un gran obstáculo, pero había aprendido que el dinero hacía hablar en español a los pescadores.

Habiendo vivido todas esas penurias, estaba seguro que Dios lo compensaría y que nada más saldría mal.

—¿Qué más puede pasar? Ya pasó la tormenta —murmuraba en voz baja.

Estaba tan seguro de sí mismo, que se atrevió a pensar que Fernando continuaba vivo y que de seguro estaría en el hospital siendo atendido. Así por fin calló sus voces y se autoconvenció, liberándose así del peso que traía tras la supuesta muerte de su amigo.

Cansado y exhausto, se dejó caer entre la vegetación y en segundos se quedó dormido.

Soñó otra vez con su amigo, pero en el momento que le pedía que no se fuera este le respondería de la misma manera que ya lo había hecho en su anterior sueño: «Tengo un hijo, una mujer y un perro que me quieren. No los voy a dejar, son todo lo que tengo».

Pedro nunca supo mantener una relación y menos tener hijos, porque aquello no lo dejaría crecer, hacer lo que él anhelaba, cumplir sus sueños y sobre todo demostrarles a todos que se equivocaban. Por esa razón, no podía entender la respuesta de su amigo.

—Tenemos mucho dinero —decía, pero a su amigo parecía no importarle y se fue alejando hasta desaparecer en el horizonte.

Al cabo de un tiempo, algo interrumpió su descanso. Una vara pegaba en su espalda, de un salto se puso de rodillas y en ese momento toda su vida se mostró lentamente ante sus ojos.

Se encontró cara a cara con el Gato, este que jugó con su presa al igual que con un ratón. Ahora, tras acorralar a su víctima, lo veía fijamente con una ácida sonrisa en su rostro y comenzaba su larga exposición victoriosa diciendo:

—¡Al fin, Pedro, nos vemos las caras! Ese es mi dinero, ¿verdad? —dijo apuntando con su dedo índice hacia la mochila que sostenía este. Quitó por un instante su mirada del rostro de aquel asustado hombre que, de rodillas, lo veía fijamente. Miró a sus cómplices que comenzaban a reír y señaló irónicamente—: Me imagino que lo cuidaste muy bien, espero no falte nada.

Pedro pensó en explicar que aquello solo fue un malentendido, que él nada tenía que ver, pero calló y sin decir una sola palabra escuchaba concentrado el sonido de aquella voz que lo atemorizaba. Ya conocía su despiadada y violenta reacción tras haber sido testigo de la muerte de su captor, entonces esperó paciente para saber qué le deparaba su suerte.

El Gato lo miró y continuó su monólogo, pero esta vez la expresión en su rostro había cambiado, ya no estaba una irónica sonrisa sino una fría seriedad.

—Hasta acá llegaste, pelotudo. ¿Qué creíste, que te ibas a escapar con mi plata? —diciendo eso se incorporó, ya que se mantenía en cuclillas a su lado. En ese momento, Pedro trató de dar alguna explicación y al abrir la boca del arma salió un disparo que impactó en su pierna, la cual ya estaba lastimada—. ¡Silencio! —dijo el gran felino—, estoy hablando y cuando yo hablo los demás se callan.

Pedro se retorcía del dolor.

Luego de ese disparo, de inmediato se escuchó una potente voz que dijo:

—¡Alto! ¡Policía!

El agónico dolor de inmediato se atenuó con esa voz que salía de alguna parte del bosque y que le generaba una gran expectativa de poder seguir viviendo, ya que no existía nada que pudiese hacer ante cuatro hombres armados. Las detonaciones comenzaron y las balas pasaban de un lado a otro silbando, algunas rompían las hojas de los árboles, era una locura estar en ese lugar. No obstante, por más que estaba tirado sufriendo de dolor, sabía que los policías eran aliados y no lo dejarían en ese lugar con aquellos maleantes.

El Mexicano permanecía detrás de una de las camionetas, junto al Corcho, recibiendo balas de la policía, mientras el Gato corría al resguardo.

—¡Vuelvan a buscar la plata y maten a ese hijo de puta! —gritó el Gato a sus hombres.

Una bala dio en el hombro de Francisco y cayó hacia atrás.

—Dile a tu hermana que la amo.

—Le vas a decir vos, no te vas a morir. ¡Déjate de joder, solo es una herida! ¡No seas cagón! Mirá, no pasa nada. ¡Levántate que nos van a matar!

Aquello era una locura.

Cayeron dos de los hombres abatidos muy cerca de donde Pedro se encontraba y en ese momento pensó que podría ser fácilmente confundido con uno de estos malhechores. Entonces, en el afán de salvar su vida, levantó su cabeza por encima de los arbustos y se encontró rápidamente con una de las balas que pasaban silbando. Cayó al piso todavía sosteniendo aquel bolso lleno de dinero. Fue un instante donde el tiempo se detuvo, todo pareció quedar casi inmóvil, no se escuchaba sonido alguno, nada dolía y sus recuerdos desfilaban por su mente.

Entre el pastizal y con su cara apoyada sobre la tierra húmeda, contempló aquel río y el atardecer más hermoso que había visto. Hasta ahí, nada más importaba.

Recordó claramente la noche que disfrutaba con toda su familia, los ojos azules de la pequeña Sara y el llanto de su madre al partir esa mañana.

La cálida sonrisa de su amigo y sus palabras de aliento en aquel sueño tan real.

Ya no importaban las mochilas llenas de dinero, los sueños de libertad y las ganas de vivir.

Sus manos aferradas a la bolsa que contenía su dinero se mantenían firmes.

Sopló una brisa y con ella levantó en vuelo algunos de los billetes que escapaban de su morral.

De repente una enorme bestia con patas largas y grandes pezuñas se hizo presente apoyando sus cascos a centímetros de su rostro, el cual permanecía pegado al piso. Era un animal formidable y desde ese ángulo se veía aún más colosal; brillaba su pelaje negro y su relincho era realmente ensordecedor, su peculiar jinete poseía una capa oscura confeccionada en una fina tela, y botas de cuero con detalles sumamente intrincados haciendo juego con su montura. Todo su atuendo parecía ser extraído de una película de hadas y elfos, su larga cabellera, se movía suavemente. En una mano, sostenía las riendas, y en la otra, blandía una gran hoz, nada tenía que ver con cierta calavera que conocemos de los cuentos alegóricos y leyendas sobre este ser tan perturbador.

—¡Levantate! —dijo el jinete con una voz grave.

—¿Quién sos? —le dijo Pedro incorporándose.

—Ya sabés quién soy, vengo por vos.

—¿Por mí? No entiendo, no te conozco.

—Yo sí te conozco, Pedro. Conozco a todos los hombres y mujeres, soy lo que ustedes dicen conocer como el ángel de la muerte.

—Eh, ¿la muerte? —exclamó mientras observaba con desconfianza a aquel personaje que montaba un caballo.

—No, no puede ser. Es joda, ¿verdad? —dijo Pedro.

—¿Joda? —dijo el ángel y largó una carcajada—. ¿Conocés a alguna persona que haya muerto y te haya descrito como soy?

—No, no...pero...

—¿Pero? No estás convencido, ¿me imagino que querés pruebas? ¡Mirate ahí tirado! —señaló.

Pedro se dio vueltas rápidamente y observó atónito su cadáver.

—¡No, no puede ser posible! —exclamó— pero... ¡¿por qué?! ¡Yo no quiero morir! ¡Soy muy joven! ¡Tengo mucho porqué vivir!

El jinete descendió del animal y se dirigió a Pedro.

—Vamos, no podés escapar de tu destino, a mí no me gusta este trabajo, pero alguien lo tiene que hacer. Todos los días, a toda hora, estoy en búsqueda de almas de niños, hombres, mujeres y viejos. No hago distinción alguna, siempre me dicen que no están preparados, que haga una excepción, pero no depende de mí, solo soy un servidor que debe cumplir con su tarea. La mía es esta: guiarlos por el camino hasta el final —decía mientras Pedro no podía quitar la mirada de su cuerpo inerte que continuaba tendido entre el pastizal.

—¡Ah! ¡Ya sé! —dijo intentando entender lo que sucedía—. Esto es un sueño, ¡claro! ¡Es eso! Antes me la creí, pero ahora sé que no es verdad. ¡Claro!, vos sos parte de mi sueño, ¡no me podés joder! ¡Ya entendí! ¡Ya entendí! —decía mientras se arañaba los brazos tratando de despertar de aquello que lo atormentaba.

El ángel se acercó aún más a Pedro y le dijo:

—Te voy a contar algo que me pasó hace un tiempo atrás.

El ángel le narró la historia de un hombre que había muerto y que debía de acompañar en el camino hacia las puertas del cielo. Aquel hombre, así como Pedro, había fallecido luego de alcanzar su mayor anhelo... Logró reunir mucho dinero, pero de una forma muy diferente. Era muy hábil con sus palabras, tanto así que supo embaucar a un montón de personas que le entregaron su dinero a la espera de promesas que él obviamente no cumplió. Este hombre, no murió asesinado por sus acreedores o por alguna razón similar, sino que falleció por un motivo simple, tan simple como un error de cálculo; un torpe descuido al cruzar la calle.

Al encontrarse junto al ángel, le manifestó lo mismo que luego Pedro repitió:

—Soy joven, aún tengo toda una vida por delante y, además, una fortuna que gastar.

A lo que el ángel de la muerte respondió:

—Es tu hora, ya no hay salida.

—Sí la hay —respondió el osado hombre.

Perplejo quedó el ángel al recibir esa respuesta, pero curioso por conocer cuál era su gran salida, escuchó con atención.

—No llegué hasta acá para morir —dijo el hombre—, quiero hacer un trato.

—¿Un trato con la muerte? —«¿De qué habla este mortal?», pensó.

—Entonces —continuó diciendo seriamente—, una vida por mil. Vos sos la parca y andás buscando almas. Además, por lo que he leído, vos no podés matar, pero yo sí. Devolveme la vida y me convierto en tu aliado y asesino.

A este hombre no le asustó morir ni tampoco le importó arrepentirse de todo el daño que había causado, solo quería seguir de pie.

—¿Qué les motiva a ustedes los mortales para incurrir en semejante falta? —le preguntó a Pedro mirándole a los ojos—. No puedo entender —continuó diciendo—, ¿son estúpidos? ¿O de verdad creen en su viveza? De seguro cambiarían todo lo que dicen amar por satisfacer las necesidades de sus propios egos.

Pedro escuchó con atención aquellas palabras y en el momento en el que el ángel culmino su exposición, replicó:

—Pero, yo no cagué a nadie, no me creo vivo y tampoco cambiaría todo lo que amo por nada. No me merezco esto, yo solo aproveché lo que la vida me regaló.

—Está muy bien —mencionó la muerte—. Entonces, si crees que es injusto, te voy a mostrar la realidad.

El ángel elevó su hoz al cielo y después de mencionar unas palabras inentendibles para Pedro, una cortina de polvo y viento cubrió el lugar. No se podía ver nada, los ojos de Pedro se cerraron para protegerse del caos, hasta que por fin se calmó el viento disipando todo a su alrededor. En ese momento, Pedro pudo ver con claridad lo que ignoraba: la muerte de sus padres, el heroísmo de su cuñado, el verdadero fin de su amigo y todas aquellas personas que murieron a manos de los asesinos que con vehemencia lo buscaban a él y a su dinero. Entonces, comprendió que sus actos habían generado aquella locura.

—¡¡N-no!!!¿Qué hice? ¿Por qué? —gritó desconsolado. Lloró y lloró durante un buen tiempo, arrepentido por sus actos, hasta que finalmente levantó su cabeza, se dirigió al ángel y le preguntó—: ¿Por qué me hacés esto?

—Vos te lo hiciste solito —contestó.

—¿Qué hice para merecer tanta mierda? Si de verdad no es un sueño, ¿Qu-qué va a pasar ahora? —decía Pedro.

—Soy solo un enviado, no lo puedo saber —respondió el ángel.

—Me merezco el infierno, yo causé todo este dolor —replicó Pedro presionando su cabeza entre sus manos.

—No puedo juzgarte, no es mi trabajo. Vamos, hay que recorrer el camino —dijo mientras montaba su corcel.

—¿A dónde vamos? —preguntó Pedro.

El jinete solo señaló con su hoz y comenzó a andar. Pedro, a modo de protesta, se dejó caer y comenzó a llorar de nuevo.

—No voy a ir, acá me quedo —dijo arrodillado en el suelo.

—Bueno, está bien. Tenés toda la eternidad para quedarte ahí —y se alejó mientras Pedro seguía en un llanto sin consuelo que desgarraba su corazón. De repente, escuchó una cálida voz que lo llamaba por su nombre, su rostro, empapado en lágrimas, dibujó una sonrisa. Pedro conocía ampliamente ese sonido emitido por aquellos labios femeninos y que escuchaba desde muy pequeño.

Como una loca casualidad para algunos o escrito por el destino, el hombre que lo persiguió dejando una estela de muerte y destrucción, con la última bala que tenía en su arma hizo blanco en la cabeza de Pedro. Tal vez no iba dirigida a él, pero así ocurrió.

A veces las balas son caprichosas y toman una dirección que jamás hubiéramos imaginado, pero lo más extraño es que a los hombres nos gusta pasearnos frente a ellas, pavonearnos frente a la misma muerte y sentir ese cosquilleo que nos acelera el corazón.

En aquel recinto, solo quedaron cuerpos esparcidos y un bullicioso sonido proveniente de las radios policiales.

Un helicóptero sobrevolaba el lugar mientras los uniformados se movilizaban en la búsqueda de probables sospechosos.

Dos policías con armas en mano caminaban escoltando al magullado Gato hasta uno de los vehículos policiales. Con las esposas en las muñecas, vio el cuerpo de Pedro. Se detuvo escupiendo sobre el mismo e insultándolo hasta sentir en su espalda el empujón de su guardia.

Al parecer a este felino le quedan algunas vidas.

Ambos perdieron, el Gato su libertad y Pedro perdió lo más valioso que podría apostar.

La noticia llego rápidamente a los oídos de la ya castigada huérfana y viuda. Este agónico dolor no daba tregua; llantos y desesperación la asolaban mientras esperaba en la sala del hospital noticias de su niña, la cual atendían luego de que su padre valerosamente la arrojara desde la ventana de un primer piso.

Pero hasta en los momentos más difíciles, la esperanza aparece. En medio de la angustia y la desesperación, una de las enfermeras se acercó para infórmale que su hermano Gastón escapó de la muerte y se encuentra siendo atendido sin gravedad.

Sin saberlo, Pedro había destruido a toda su familia y además su propia vida por el mero hecho de creerse más inteligente, más listo o coloquialmente «vivo», pero, paradójicamente, ahora muerto.

www.ingramcontent.com/pod-product-compliance
Lightning Source LLC
LaVergne TN
LVHW091224150826
845673LV00003B/998

* 9 7 8 6 1 2 5 1 4 2 4 1 2 *